아무튼, 테니스

아무튼, 테니스

손현

코난북스

차례

프롤로그 | 열두 살 소년에게

어느 오래된 아파트 단지 안. 저층과 고층 아파트가 골고루 있고, 그 사이로 저층 아파트보다 높이 자란 나무가 빼곡하다. 그 가운데 펜스로 둘러싸인 공터가 있다. 흙바닥인 테니스 코트 두 면.

테니스장에는 코치와 소년만 있다. 구시렁구시렁. 소년이 공을 주우며 나지막이 중얼거린다.

"이 공을 왜 내가 주워야 하지?"

차가운 바람이 이마에 맺힌 땀을 스친다. 레슨을 마친 뒤 자신이 쳐낸 공을 도로 주울 뿐인데 그걸 가지고 구시렁대고 있으니 소년은 사춘기 초입인지도 모른다. 아니면 코치의 딱딱한 태도가 못마땅했거나.

소년은 그해 겨울 시작한 테니스에 재미를 느끼지 못한다. 날씨 탓도 크다. 한겨울 클레이 코트는 가혹하다. 눈이 내리는 날은 레슨 자체가 불가하다. 다음 날은 코트에 눈이 쌓여 있어서, 그다음 날은 눈이 녹으면서 땅이 얼어서, 또 그다음 날은 땅이 녹으면서 코트가 너무 미끄러워서 계속 레슨을 못 하는 식이다.

"이럴 거면 테니스 그만할래요."

결국 소년은 자신의 엄마에게 말한다. 엄마도 그를 붙잡지 않는다.

"그래, 너 하고 싶은 대로 해."

애초에 엄마가 권해서 테니스를 시작한 게 아니었다.

여기까지가 내가 처음 테니스를 배우려고 라켓을 쥐었다가 다시 놓기까지의 기억이다. 1995년, 계절은 가을에서 겨울로 넘어가고 있었고 바닥에 쌓인 낙엽이 미처 사라지기 전에 추위와 눈이 동시에 찾아왔다.

열두 살의 나는 그리 사교적인 성격이 아니었다. 그나마 친하게 어울리던 친구들과도 1년 전 모두 헤어졌다. 정들었던 동네를 떠나 아무 연고도 없는 곳으로 이사 왔기 때문이다. 이사 온 계절도 겨울이었다.

이사 온 동네는 모든 것이 낯설었다. 학교와 집을 오가는 길부터 새로 익혀야 했다. 새 학교는 전에 다니던 곳보다 규모가 컸다. 그 많은 학급 친구들이 나만 빼고 서로 친한 느낌이었다. 정든 친구와의 생이별은 어린 나이에도 큰 스트레스였지만, 다행히 먼저 손 내밀어준 새로운 친구들이 생기면서 조금씩 적응할 수 있었다.

그 무렵 몇몇 친구가 테니스를 배우기 시작했

다. 나도 배워야겠다고 생각했다. 친구들과 어울리고 싶었다. 친구 사이에서 인정받으려면 공부, 운동 중 하나라도 잘해야 했다. 애석하게도 계절은 너무 추웠고 운동 신경이 그리 좋은 편도 아니었다.

세월이 흘러 어느덧 마흔 즈음의 나이가 됐다. 이제는 코트로 가는 게 삶의 큰 기쁨이자 즐거움이다. 그때의 소년은 알았을까. 자신이 테니스를 시작했다가 추위를 탓하며 금세 포기하고 20여 년이 흐른 뒤, 본격적으로 테니스 레슨을 다시 받고 영하 10도의 날씨에도 내복을 껴 입은 채 꾸역꾸역 코트로 나갈 거란 사실을. 그사이에 무슨 변화가 생긴 걸까?

이제 당신이 읽을 이 책은 과거 열두 살의 나에게 현재의 내가 쓰는 편지다. 공 줍기를 싫어하고 날씨 탓으로 포기했던 인내심 약한 소년과 비슷한 포기 경험을 지닌 사람들이 읽어주면 좋겠다. 스스로 변화할 수 있는 수단과 과정이 나에겐 테니스일 뿐이다.

가장 큰 수확이라면, 평생의 친구가 생겼다. 이때의 친구는 나와 같은 코트 또는 반대편에서 함께 플레이하는 사람을 뜻하기도 하지만, 내면의 자아를 가리키기도 한다. 라켓을 쥔 동안 나는 내면의 친구에게 끊임없이 말을 건넨다.

"공을 끝까지 보자."

"섣불리 움직이지 말고, 차분하게 스윙하기."

"좋아, 넌 할 수 있어."

때로는 게임에서 너무 쉬운 공을 놓치거나 실수할 때마다 자책하며 내면의 친구와 다투기도 하고, 화해도 한다. 그러면서 나날이 성장하는 스스로를 발견한다. 이제야 말하지만 공을 줍는 데도 요령이 있었다. 그리고 공을 주울 때가 오히려 행복하다는 것도 이제는 안다.

테니스는 라켓 스포츠 중에서도 숙달하기가 어렵기로 악명 높다. 숙달하기 어렵지만, 그만큼 이 스포츠가 가진 매력만으로도 테니스를 시작하기에 충분하다고 말하고 싶다. 그 매력이 전해지면 좋겠다.

다음 페이지로 넘어가기 전에, 잠시 눈을 감고 테니스 코트의 풍경을 상상해보면 좋겠다. 두 다리로 서 있는 바닥의 감촉은 잔디, 흙, 하드코트, 어디는 상관없다.

기분 좋은 바람이 분다.

이제 당신이 서브를 넣을 차례다. 반대편에는

상대가 라켓을 두 손으로 쥐고 무릎을 살짝 구부리고 있다. 공을 두어 차례 바닥에 튀긴다. 통. 통.

　　한 손으로 공을 높이 토스한다. 그 공을 바라볼 때, 내가 떠올린 이야기를 들려드리겠다.

22년 만에 다시, 테니스

"현이는 조금만 더 하면 될 텐데….."

어릴 적 어머니에게 가장 자주 들은 잔소리
다. 두 번째로 자주 들은 잔소리는 "으이그, 또 졸았
니?" 그도 그럴 것이 책상 앞에만 앉으면 졸음이 와
서 일단 엎드려 한숨 잔 다음 공부를 시작했다. 중간
고사, 기말고사, 수능 같은 중요한 시험을 앞두고 남
들은 자는 시간도 줄여가며 공부를 하는데 하루 일
고여덟 시간씩은 꼬박 잠을 잤다. 불행인지 다행인
지 공부 머리가 아예 없는 편은 아니어서 성적은 간
신히 상위권을 유지했다. 그러니 어머니는 조금만
더 하면 될 텐데 최선을 다하지 않는 자식 때문에 은
은히 속이 터지셨을 거다.

그때 내가 부모님과 살던 곳은 서울 목동이었
다. 그곳에서 나는 청소년기를 포함해 20여 년을 지
냈다. 개구리도 우물 안에 있을 땐 그곳이 우물인 줄
모른다. 대학에 입학하고, 몇 년 뒤에는 육군으로 복
무하며 다양한 집단 출신과 랜덤하게 섞이고 나서야
이 동네에 대한 시선을 인지할 수 있었다. 내가 자란
동네가 무시무시한 사교육 열풍으로 유명한 곳이라
는 걸, 실제로 목동이 대치동, 중계동과 더불어 여전
히 서울의 3대 사교육 밀집 지역이라는 사실을 뒤늦
게 알았다. 거칠게 표현하자면 1980년대 후반 14개

단지 총 2만 6600여 세대로 조성된 대규모 주거단지 목동은 기왕이면 내 자녀가 'SKY'로 진학하길 강렬히 열망하는 중산층 핵가족으로 똘똘 뭉친 동네였던 것이다(적어도 타지인들 눈에는 그렇게 보였나 보다.)

아파트, 학원, 나무. 목동에는 이 세 가지가 많았다(바꿔 말하면 술집, 노래방 등 청소년 유해 시설이 거의 없었다.) 아파트 단지 곳곳에 있는 울창한 나무 덕분에 계절 변화를 느낄 수 있었다. 한여름에는 나무 터널이 드리운 그늘을 걸었고 가을이 끝나갈 즈음에는 보행로마다 떨어진 은행 열매를 피하는 게 일이었다.

학생의 일상은 간략하면서도 소박했다. 대부분의 친구가 학원을 다녔기 때문에 친구를 만나려면 나도 자연히 학원에 가는 수밖에 없었다. 목동 중심축을 관통하는 일방통행 도로처럼 우리는 학교가 끝나면 학원으로, 학원 수업이 끝나면 독서실로 갔다. 일탈을 시도해봤자 친구들과 독서실 대신 동네 PC방에서 게임을 하는 수준이었다.

평화롭게 보이는 풍경 이면에는 끊임없는 경쟁이 있었다.

"모의고사 점수 잘 나왔어?"

"휴, 망했어."

"에이, 거짓말하지 마. 그래 놓고 1등급 받을 거면서."

"○○○가 이번에 또 전교 1등 했대."

매 시험마다 나를 비롯한 친구들 앞으로 성적표가 전달되었고 그걸로 등수가 정해졌다. 수능 모의고사를 치르고 나면 학급, 학교뿐 아니라 전국 단위로 내 위치가 적나라하게 드러났다. 아무리 친하게 지내는 친구 사이여도 시험 즈음만 되면 서로가 서로의 경쟁자가 되는 상황으로 마음이 불편했다.

한편 학교와 학원을 오가는 길마다 내 시야에는 늘 테니스장이 있었다. 아파트, 학원, 나무로 가득한 동네에서 철망과 녹색 방풍막으로 둘러쳐진 테니스장은 전혀 다른 세상 같았다. 게임을 하는 어른들의 환호와 탄성이 철망 바깥으로 흘러넘쳤고, 모두가 떠난 뒤 불이 꺼지면 언제 그랬느냐는 듯 조용히 도시의 여백을 담당했다.

'도대체 테니스가 뭐길래, 코트 안에 있는 사람들이 저렇게 흥분하는 걸까?'

초등학교 5학년 때 고작 두어 달 레슨을 받긴 했지만 잠깐 맛만 보고 스쳤을 뿐이었다. 테니스에 관한 호기심은 눈앞에 닥친 시험 준비와 학원 숙제에 밀렸다.

목동을 비롯해 1970-90년대에 지어진 대규모 아파트 단지 안에는 유독 테니스장이 많았다. 어쩌다 테니스장은 주거 지역 한가운데 있게 됐을까? 잠시 과거로 돌아가보자. 박정희 정권 시절 '250만 호 주택건설 10개년 계획'의 일환으로 1973년 주택건설촉진법이 시행되었다. 그중 일정 세대 이상의 아파트 단지에는 어린이 놀이터, 시장, 공중목욕장, 운동장 및 체육 시설 등을 지어야 하는 규정이 있다. 1976년 개정된 시행규칙을 보면 테니스장에 관한 구체적인 언급이 나온다.

'500세대 이상일 경우 운동장, 정구장(테니스장), 수영장, 배구장 중 하나 이상을 지어야 하며 1,000세대 이상일 경우 정구장 2면 이상 또는 배구장 2면 이상을 설치해야 한다.'

운동장, 수영장, 배구장보다는 주로 테니스장이 건설되었고, 늘어난 코트는 테니스 대중화에 기여했다. 테니스의 고급스러운 이미지를 활용해 '아파트'라는 상품을 잘 팔기 위한 민간 건설사의 전략과 국가가 내세운 의무 설치 규정이 맞물린 결과다.

이후 1999년부터 단지 내에 설치할 수 있는 시설이 사실상 자율화되면서 테니스장은 아파트 바깥으로 서서히 밀려나게 됐다. 요즘 아파트에서는 그 자리를 헬스장이나 실내 골프 연습장, 독서실 등이 대체하는 걸로 보인다.

아파트 단지 안 체육 시설 자리를 두고 테니스장이 경쟁에서 밀려나는 동안 나는 나대로 경쟁 환경에서 정체성을 찾고자 애쓰는 기간을 보냈다. 공부든 스포츠든 '조금만 더 하면 될 텐데'의 그 더 하면 될 만한 '그것'이 무엇인지 탐색하면서 시행착오를 겪었다.

검도, 농구, 스쿼시, 축구, 탁구 등 테니스 외에도 다양한 종목을 경험했지만 어느 하나도 지속하진 못했다. 호구를 쓴 채 죽도로 얻어맞는 것까진 괜찮았는데 죽도를 쥘 때마다 손바닥에 물집이 잡히는 걸 견디지 못해 검도를 그만뒀다. 친구랑 게임을 하다 공에 맞아 안경이 깨진 뒤로 농구를 그만뒀다. 짧은 시간 내에 운동량이 많다는 말에 솔깃해 스쿼시를 배운 적도 있지만 집에서 멀어 자주 가진 못했다. 학교에서 점심시간마다 가장 자주한 건 축구였지만 이 스포츠엔 이미 두각을 드러내며 잘하는 친구가 워낙 많아 포기했다.

그나마 포기하지 않은 게 있다면 달리기와 수영이었다. 대학생이 된 다음 아버지를 따라 동네의 낮은 뒷산인 용왕산에 자주 갔다. 용왕산의 높이는 해발 78미터. 산이라 부르기 민망한 수준이다. 그만큼 부담 없이 자주 오르내릴 수 있었고 산 중턱에는 축구 경기를 할 수 있는 운동장과 그 주변을 감싸는 4백 미터 트랙이 있었다.

"달릴 땐 처음부터 입으로 숨 쉬면 안 돼. 그럼 금세 입이 건조해지고 힘이 빠지거든. 최대한 코로 호흡하고, 힘이 들면 코로 두 번 들이마시고 입으로 한 번 내쉬는 식으로 병행해봐."

아버지는 달릴 때 어떻게 숨을 쉬어야 하는지부터 가르쳐주셨다. 이 호흡법은 꽤 유용했다. 아버지를 따라 트랙을 2, 30바퀴 달리는 동안 폐활량을 키울 수 있었고, 내가 스물일곱 살 때 부자가 함께 춘천마라톤에 참가해 풀코스를 완주하기도 했다.

수영은 동네 친구의 제안으로 강습을 받기 시작했다가 몇 달 뒤 각자의 사정으로 친구들이 빠진 뒤 나만 남았다. 강습을 받다 보니 접영까지 배웠다. 달리기와 마찬가지로 오래 헤엄치려면 편안히 호흡하는 게 중요했고 25미터 레인을 쉼 없이 스무 바퀴 왕복하는 수준에 이르렀다.

달리기든 수영이든 포기하지 않은 덕에 중급 이상의 수준에 도달했지만 이 또한 나 자신과의 경쟁이라는 느낌이 들었다. 특히 트랙이나 레인을 수

십 바퀴 돌다 보면 명상을 하는 효과가 있지만 동시에 '내가 지금 뭐 하고 있는 거지?' 싶은 마음도 들었다. 더 나은 기록을 목표로 한다면 조금씩 과거의 나와 경쟁하며 스스로의 한계를 넘기 위해 노력해야 하는데, 혼자서만 하다 보니 지루하게 느껴졌다.

대학 생활 자체도 경쟁의 연속이었다. 전공이 건축학이라 건축 설계 과목이 가장 중요했는데 정원이 열 명인 설계 스튜디오에서는 상대평가로 학점을 매겼다. 고3 수험생 때도 하루 일고여덟 시간씩 잠을 자던 사람이 대학생이 되었다고 해서 갑자기 밤샘 작업을 할 리 없다. 희한하게도 매 학기마다 설계실에서 살다시피하며 열정적으로 설계를 하는 학생이 두세 명은 있었고, A+ 학점은 당연히 이들 몫이었다. 내 평점은 운 좋게 하위권을 면하거나 중위권 주변을 서성였다.

첫 취업의 관문을 통과하고 입사한 대기업에서도 상황은 다르지 않았다. 신입사원으로 들어가 수습 기간 평가를 통과해야 정규직 사원이 되었고, 사원으로 4년을 채우면 대리로 진급할 수 있었다. 단 모두가 진급하는 건 아니었다. 평소 팀장에게 잘 보이든, 고과를 잘 받든 피고용인으로서의 쓸모를 증명해야 했다.

우리 팀에서는 공채로 입사한 나와 경력직으로 입사한 다른 팀원이 대리 진급 후보로 올랐다. 다른 팀원은 나보다 경력도 나이도 많았고, 아이를 키우는 가장이었다. 그 무렵 나는 플랜트 엔지니어가 적성에 맞지 않아 퇴사 시점을 고르고 있었다. 진급까지 한 다음 퇴사하면 연봉이 오른 만큼 퇴직금이 커지니, 그 돈으로 여행이나 다녀올 요량이었다.

그해 우리 팀에서는 둘 중 한 명만 승진했고, 하필 그 기회가 내게로 왔다. 망연자실한 경력직 선배의 얼굴을 보며 나 역시 충격을 받았다. '아니 왜, 둘 다 진급시키지 않은 거지?' 차라리 내가 일찌감치 퇴사 계획을 밝혔더라면 그 선배가 제때 승진했을까. 그때를 떠올리면 지금도 그에게 미안할 따름이다.

직업과 산업을 바꿔 스타트업으로 옮기고 나니 나의 고용 안정성은 눈 쌓인 길을 위태롭게 달리는 자전거처럼 더욱 흔들렸다. 정규직으로 함께 입사한 같은 직무의 동료가 1년이 채 못 되어 재계약에 실패했다. 그리고 그런 케이스를 종종 목격해야 했다. 자발적 사직인지 권고사직인지 알쏭달쏭하게 회사를 떠나는 동료들을 보면서 혹독한 일자리 경쟁을 체감했다.

흔히 경쟁은 만물의 본성이며 자연의 법칙이라고 한다. 경제학에서 경쟁은 독점과 대립한, 상대적으로 선한 개념으로 쓰인다. 나도 경쟁의 순기능에 동의한다. 목동에서 학창 시절을 보내면서 '경쟁하는 기계'로 길러졌다는 사실도 부정할 수 없다. 좋든 싫든, 내면에는 경쟁 환경에 놓일수록 더욱 성과를 내는 기질이 있음을 인지하고 있기 때문이다.

경쟁은 필연적으로 앞서는 자와 뒤처지는 자를 만들어낸다. 내가 모든 경쟁에서 이긴 건 아니지만, 경쟁에서 이겼다고 해도 마냥 기쁘기보다는 불편한 마음이 더부룩하게 자라날 뿐이었다. 주변에는 번아웃을 호소하는 동료도 늘었다. 언제까지 경쟁해야 할까, 늘 앞서는 것도 불가능하다, 나도 경쟁에서 뒤처질 수 있겠다, 불안은 점점 커져갔다.

2017년 새해가 밝을 즈음, 한 번의 이사를 거쳐 목동으로 돌아왔다. 아파트 단지에는 여전히 테니스 코트가 있었다. '초보자 레슨 환영.' '테니스 배우기 좋은 계절입니다.' 코트 입구에는 문구가 적힌 현수막이 걸려 있었다.

'테니스나 다시 배워볼까?'

경쟁을 떠나, 순수한 유희로서 친구와 공놀이를 하던 시절이 불쑥 그리웠다. 동시에 '테니스는 정신력 싸움'이라고 들은 기억도 났다. 테니스를 배우다 보면 심리적인 안정과 건강을 되찾을 수 있을 것 같았다. 경쟁에 지쳐 흐트러진 멘탈을 가다듬어야 했다.

새해에는 테니스 레슨을 꼭 다시 받아야지.
수영, 조깅과 더불어 건강한 멘탈을 챙기는 데
적합한 종목 중 하나.

— 2017. 1. 15. 메모 중

코끝을 스치는 공기는 아직 서늘해도 아침 햇빛에서 조금씩 기분 좋은 봄기운이 느껴질 때쯤, 현수막에 적힌 번호로 전화를 걸었다. 중년 남자가 무뚝뚝한 목소리로 전화를 받았다.

"안녕하세요. 저… 레슨 받고 싶어서 전화 드렸습니다."

"얼마나 배웠어요?"

"어릴 때 아주 잠깐 배우다 그만둬서 잘 모르겠네요. 처음부터 다시 배워야 할 것 같아요."

"내일 오전 7시 20분에 시간 돼요?"

"가능합니다."

"내일 오세요."

살아온 시간을 곰곰이 돌아보면 내 선택이었다고 믿어온 행위가 시대 상황과 맥락의 영향을 받은 것임을 깨닫는 순간이 있었다. 국가가 지정한 취향과 운동 종목 중 하나가 테니스였고, 민간 건설사의 주택 상품 판매 전략의 일환으로 아파트 단지마다 테니스 코트가 지어진 건 틀림없는 사실이다. 그리고 그곳에 내가 있었다. 덕분에 나도 유년 시절, 테니스 코트에서 아주 잠깐이지만 라켓을 휘두를 수 있었다.

　　이번에는 달랐다. 성인이 되어 다시 진지하게 레슨을 받기로 결심한 건 분명 온전한 내 의지였다. 그렇게 22년 만에 코트로 돌아왔다.

날씨 핑계 대지 말 것

일주일에 두 번, 아침 7시 20분부터 레슨. 레슨을 마치고 코트가 비어 있으면 자유롭게 서브 연습.

2017년 3월부터 본격적으로 레슨을 받기 시작했다. 당시 살고 있던 집에서 코트까지는 직선거리로 110미터. 도보로 1분, 뛰어서 20초 거리였다. 이보다 최적의 레슨 장소는 없었다.

그곳에서 3년 남짓 레슨을 받았다. 코트에 다녀오고 나면 무슨 할 말이 그리 많아지는지 그날그날 배운 기술이나 코치에게 들은 인상적인 말을 틈틈이 기록했다. 레슨 일지를 보면 날씨에 대한 언급도 많다. 야외 레슨이라 날씨나 계절 변화를 시시각각 느낄 수 있었다.

2017. 7. 6. 레슨 4개월째. 날이 더워져서 레슨 시간을 오전 7시로 앞당겼다.

2017. 11. 14. 이젠 초겨울이다. 그 신호를 줄이 먼저 감지했는지 발리를 몇 번 하자마자 줄이 띵-하고 끊어졌다.

2018. 8. 6. 아침에 스트레칭을 하는데 습도가 84%.

2019. 11. 19. 오늘은 겨우 영하 2도. 이른 아침의 그림자가 길어지고 숨을 쉴 때마다 김이 나기 시작했다.

2021. 12. 16. 내일 오전 8시에 테니스 레슨인데 영하 7도라고?

2022. 3. 4. 거의 2주 동안 집에만 있었다. 다시 레슨. 레슨을 마치니 땀이 주룩주룩 흘렀다. 이제 봄이구나. 이번 겨울 참 길었다.

2022. 7. 28. 올해는 매미 울음소리를 코트에서 처음 들었다.

오랜만에 코트로 돌아온 계절은 화창한 봄이었다. 뭘 해도 아름다운 날씨였다. 여름에는 빨라진 일출에 맞춰 레슨 시간을 20분 앞당겼다. 습한 기운 때문인지 라켓을 잡은 지 5분이 채 지나지 않아도 땀이 주룩주룩 났다. 해가 높이 떠오르면 뜨거운 기운이 정수리까지 느껴졌다.

코치는 50대 중년으로 보이는 남성이었다. 권위적인 스타일은 아니었지만 그렇다고 친절하거나 살가운 편도 아니었다. 몇 차례 동작 시범을 보인 뒤, 무뚝뚝하게 공을 던져주곤 했다. 그는 날이 덥든 춥든 무조건 코트로 나오도록 독려했다.

첫 고비는 그해 겨울에 찾아왔다. 11월 하순부터 날이 추워지기 시작했다. 겨울에 추운 건 당연한데 그해 겨울은 이례적으로 추웠다. 12월 중순부터 이미 한강이 얼어붙었고 영하 10도를 넘나드는 한파가 전국적으로 일주일 이상 지속됐다. 서울의 최저 기온은 2018년 1월 26일 영하 17.8도까지 내려갔다.

오랜만에 테니스를 배워보겠다고 결심했는데 야외 스포츠가 이 정도로 추울 줄이야. 내 호들갑과 별개로 코치는 영하 10도의 날씨에도 바람이 세게 불지 않는 날이면 레슨을 진행했다.

2017. 11. 21. 오전 7시 40분. 바깥 기온 영하 6도. 고민 끝에 테니스 코트로 나갔다. "선생님, 이렇게 추운 데도 레슨을 하시나요?(너무 추워서 못 하겠어요.)"

"영하 10도 아래로 떨어지거나 바람이 너무 세게 불면 레슨 안 해요. 오늘은 날씨 엄청 좋은 거예요."

"그렇군요(아 이게 아닌데.)"

1995년 열두 살 때 레슨을 받다가 포기한 계절도 한겨울이었다. 그때는 눈과 비 때문에 레슨이 종종 취소되는 상황 탓이 더 컸다. 레슨 기간도 짧아 진정한 추위를 겪었다고 말하긴 어렵다.

2018년 겨울의 나는 눈을 뜨자마자 현재 기온을 확인하곤 했다. 엎어지면 코 닿을 거리에 코트가 있음에도 불구하고 이른 아침의 차가운 겨울 공기는 내 몸과 마음을 움츠러들게 했다. 쓸데없는 생각들이 잠이 덜 깬 나를 유혹했다.

'오늘 하루만 쉴까.'

'차라리 영하 10도 아래면 좋겠다. 그럼 레슨이 취소될 텐데.'

'왜 괜히 테니스를 다시 시작해가지고 사서 고생하나.'

'내복이 어딨더라.'

굳이 자세히 적은 까닭은 내가 그만큼 추위에 취약하기 때문이다. 육군으로 복무하던 시절에는 유격 훈련보다 혹한기 훈련이 더 힘들었다. 6개월의 장거리 모터사이클 여행 중에도 차체의 진동과 바람이 몸에 부딪혀 부서지는 소음은 참을 수 있었어도 추위는 견디기 힘들었다. 겨우 10월이었는데 오스트리아 북부 산맥을 통과할 무렵에는 종일 내리던 비가 잠시 눈발로 변하기도 했다. 우비 사이로 은은히 퍼지던 한기를 떠올리면 지금도 온몸에 소름이 돋는다.

결국 레슨을 쉬기로 결정했다. 혹한기 훈련도 한기 속 모터사이클 주행도 버텼지만, 테니스 코트에서 겨울을 나는 건 버티지 못했다.

겨울은 길었다. 넉 달 동안 레슨을 쉬었다. 이듬해 4월부터 레슨 재개. 겨우 감을 잡았다고 생각한 서브 동작도, 그나마 안정적이었던 백핸드 동작도 어설펐다. 제아무리 머리로는 동작을 기억하고 있어도 몸이 따라주지 않았다. 허우적대는 나를 보며 코치가 말했다.

"거 봐요. 배우는 입장에서 오래 쉬면 애써 쌓은 실력 다 까먹어요."

사실이었다. 까먹은 건 애써 쌓은 실력만이 아니었다. 그간 들인 시간과 돈도 모두 까먹은 셈이었다. 이런.

봄이 지나고 또다시 여름. 역시 여름 더위와 습도는 버틸 만했다.

두 번째 겨울이 왔다. 같은 실수를 반복할 수는 없었다. 아무리 추워도 단단히 무장한 다음, 꿋꿋이 코트로 나갔다. 복장은 대략 이랬다. 먼저 히트텍을 입는다. 보통은 상의만 입는데 더 추운 날은 하의까지 입는다(대신 동작이 둔해진다.) 그 위에 땀 방출이 잘 되는 소재의 운동복을 위아래로 입는다. 여기에 얇은 패딩을 한 겹 더 입는다. 머리에는 비니를 쓴다.

2022. 1. 1. 2021년 12월 마지막 주는 유독 추웠다. 영하 9도에 레슨 받는 건 오랜만인데 이런 추위는 적응이 안 된다. 손이 얼다가 10분 정도 지나니까 몸에 열이 오르면서 다시 말랑말랑해지는 걸 경험했다. 돌덩이 같은 공을 오기로 툭툭 쳐냈다. 적어도 노년에는 따뜻한 곳에서 테니스를 치고 싶다는 욕구가 생겼다.

또 한 번 위기가 찾아왔다. 2021년부터 2023년 초까지 서울숲 야외 클레이 코트에서 레슨을 받던 때다(지금은 모두 인조잔디 코트로 바뀌었다.) 그 코치도 무뚝뚝한 타입이었다. 2022년 1월 중순, 눈이 내리고 있어 다음 날 레슨을 앞두고 코치에게 전화를 걸었다.

"코치님, 눈이 좀 쌓인 거 같은데 내일 아침에 레슨 하시나요?(제발 하루 쉰다고 해주세요.)"

"코트 상태 안 좋으면 연락할 테니 일단 한다

는 마음가짐으로 준비해봐요."

다음 날 아침, 코치에게서 취소 연락은 오지 않았다. 오전 8시. 기온은 영하 11도. 내복까지 단단히 입고 온몸을 꽁꽁 싸맸는데 미처 가리지 못한 귀 끝이 시렸다. 근래 받은 야외 레슨 중 가장 낮은 온도였다. 다행히 바람이 세지 않아 공을 칠 만했고, 심지어 땀도 살짝 났다.

추위가 싫다. 스스로 얼마나 나약한지도 안다. 코치에게 굳이 연락한 이유도 잔말 말고 코트로 나오라는 메시지를 확인하고 싶었던 건지도 모른다.

"무슨 생각을 해, 그냥 하는 거지."

피겨 스케이팅 선수 김연아의 이 말이 떠올랐다. 스트레칭을 하는 김연아에게 다큐멘터리 감독이 무슨 생각을 하느냐고 묻자 돌아온 대답은 말 그대로 '밈'이 되었고, 나 역시 이걸 밈으로 접했다. 하지만 김연아의 말을 밈으로 소비하는 것과 실천하는 건 다른 문제라는 걸 깨달았다.

'실력을 높이려면 그냥 연습하는 거지 날씨 생각을 한다고 뭐가 달라질까?'

스스로에게 이렇게 물으니 답이 나왔다. 동시에 내가 단순히 취미로 대하는 스포츠가 코치에게는 생업의 문제일 수 있겠다는 생각도 들었다. 전날 내

통화는 그런 면에서 무례했고 판단이 짧았다.

　더 이상 날씨를 봐가며 테니스 레슨을 갈까 말까 고민하지 않기로 했다. 혹여나 코트에 도착했는데 궂은 날씨로 취소되더라도 코트까지 다녀오는 길과 시간을 즐기기로 했다. 때로는 불필요한 고민도 에너지 낭비다.

　크리스토퍼 놀란 감독도 어쩌면 테니스 코치와 비슷한 성향인가 보다. 그를 다룬 책에 마침 이런 내용이 있었다. '(영화 촬영장에서) 날씨 핑계 대지 말라고' 말이다.

　"영화계에서 나는 날씨와 관련해 운이 좋은 사람으로 알려져 있습니다. 그 소문은 제대로 된 소문이 아니에요. 나는 날씨 때문에 불운을 겪은 적이 많습니다. 그런데 내 철학은 날씨가 어떻든 촬영을 하자는 쪽이에요. (…) 덕분에 그들(출연진과 스태프 전원)은 창밖을 내다보면서 '와우, 오늘 촬영은 할 수 있을까, 없을까?' 같은 생각은 하지 않습니다."*

*　톰 숀, 『크리스토퍼 놀란』, 윤철희 옮김, 제우미디어, 2021, 427쪽.

돌이켜보면 초보자 때 클레이 코트에서 레슨을 받은 건 행운이었다. 그 후 하드 코트, 인조잔디 코트에서도 레슨을 받았는데 클레이 코트에서 레슨 받을 때의 환경이 가장 열악했다.

클레이 코트는 인조잔디나 하드 코트에 비해 날씨에 더 민감한 편이다. 코트에 깔린 흙과 모래 입자가 햇빛, 비, 바람, 온도 변화에 따라 상하기 때문이다. 비가 많이 오거나 게임을 치른 뒤에는 땅이 움푹 패기도 쉽다. 팬 부분에 흙을 보충하고 롤러로 밀어 바닥을 평평히 다져야 한다. 반대로 한동안 비가 오지 않으면 코트 표면이 갈라지니 틈틈이 물도 뿌려줘야 한다. 초기 시공 비용이 저렴한 대신 관리가 까다롭다.

테니스공도 습도와 기온의 영향을 받는다. 테니스공을 십(十) 자 모양으로 가른 다음 의자 다리에 끼운 모습을 본 적이 있는지?(요즘도 식당에서 생뚱맞게 테니스공을 마주칠 때가 있다.) 그걸 보면 테니스공이 겉은 펠트로 덮여 있고, 내부는 고무 재질로 이뤄져 있다는 걸 알 수 있다. 따라서 여름철과 겨울철 공의 딱딱한 정도는 라켓으로 칠 때 바로 느껴질 정도로 확연히 차이가 난다. 장마철처럼 한창 습도가 높을 때면 콩고물이 잔뜩 묻은 인절미처럼 공에는 흙이 더 쉽게 묻어난다. 공의 솔기도 부스스한 머리처럼 금세 부풀어 오른다. 겨울철에 돌덩이 같은 공이 라켓 면 가장자리에 맞을 때면 줄이 끊어지기 일쑤다.

그러니 겨울엔 엉망인 코트에서 엉망으로 튀는 공에 반응하는 법을 익혀야 했다. 그리고 그렇게 겨울을 버틴 효력은 이듬해 봄, 몸으로 느꼈다. 적어도 레슨 때 배운 걸 까먹진 않았으니 말이다. 긴 겨울이 끝나고 봄기운이 찾아올 무렵, 돌덩이처럼 단단히 얼어 있던 테니스공이 말캉말캉해졌다. 한겨울에는 땅이 얼어 있어 테니스공이 상대적으로 더 낮게 튕기기도 하는데 궂은 컨디션의 공들을 쳐내는 법을 터득하고 나니 날씨 좋을 때의 공을 다루는 건 더 쉬워졌다. 역설적으로 그때 고생한 덕분에 초보에서 중급 레벨로 넘어갈 수 있었다.

한겨울의 클레이 코트에서 맞은 함박눈을 기억한다. 눈발이 날리는가 싶더니 금세 눈이 펑펑 내리기 시작했다. 라켓에 공이 튕기는 소리 외에는 아무 소리도 들리지 않았다. 눈이 세상 모든 소리를 흡수한 것만 같았다. 이내 흙바닥이 눈으로 덮였고, 마침 레슨이 끝났다. 그날 레슨은 내 순번까지만 유효했고 코치는 다음 순번 사람들에게 레슨을 취소한다는 연락을 돌렸다. 운이 좋았다. 코트에서 이런 풍경을 보다니. 온갖 핑계와 귀찮음을 이겨내고 나온 걸 날씨로 보상받은 기분이었다.

　테니스를 잘 치려면 어떤 공이든 감당할 줄 알아야 한다. 공의 컨디션은 날씨뿐 아니라 코트, 상대방에 따라서도 크게 좌우된다. 서브를 넣을 때 햇빛이나 조명 때문에 순간적으로 눈이 부시는 경우도 있다. 날이 따뜻한 정도나 빛의 위치를 통제할 순 없다. 그렇다고 모든 조건이 좋을 때만 테니스를 칠 수도 없는 노릇이다. 그나마 점진적으로 개선하고 통제할 수 있는 건 나의 실력뿐이다.

"공을 끝까지 보세요"

"현 씨, 슬슬 게임을 경험해보면 어때요? 그래야 실력이 늘어요." 레슨 받은 지 1년이 지날 무렵, 코치가 말했다. 처음에는 그 말을 흘려들었다.

"나중에 해볼게요."

'공놀이'와 달리 게임이란 단어가 주는 부담이 있었다. 코트에서까지 경쟁하고 싶진 않았다. 경쟁하지 않고도 즐겁고 행복할 수 있는 방법을 찾고 싶어 시작한 테니스였다. 초보자 때는 그 방법을 찾았다고 착각했다. 라켓으로 공을 잘 맞추고, 네트 위로 잘 넘기는 것만으로도 충분히 즐겁고 재밌었다.

조금씩 기술을 습득하는 동안 다른 코트의 풍경이 눈에 들어왔다. 대부분의 코트는 단식 또는 복식 게임을 위해 존재했다. 레슨 역시 게임에서 이기기 위해 필요한 기술을 습득하거나 약점을 보완하는 게 목적이었다. 이 스포츠의 본질 역시 '경쟁하는 게임'이었다. 테니스는 네트를 사이에 두고 라켓으로 공을 넘기고 받으며 포인트를 더 많이 획득한 사람이 이기는 스포츠다. 언제까지 아무도 없는 코트 너머로 공을 보내며 반쪽짜리 테니스를 칠 순 없었다.

어느 날, 20대로 보이는 대학생과 첫 게임을 했다. 코치가 심판을 보며 게임 규칙을 차근차근 알려줬다. 둘 다 초보라 세 번 이상 공을 주고받기도 어려운 수준이었는데, 그럼에도 내가 졌다. 텅 빈 코트를 향해 백 번 서브 연습을 했다 쳐도, 누군가 서 있는 곳을 향해 서브 한 번을 제대로 넣는 건 차원이 다른 문제였다. 나는 이날 대부분의 서브를 실패했다. 반면 그 대학생은 그래도 서브를 몇 차례 성공시켰다. 첫 게임이자 첫 패배의 교훈은 명확했다. 최소한 서브는 넣을 줄 알아야 게임을 할 수 있다는 것.

코치가 팁을 줬다. "두 번째 서브를 안정적으로 넣는 것부터 연습하세요. 그러면 첫 번째 서브를 자신 있게 시도할 수 있거든요." 레슨을 마치면 두 번째 서브든 첫 번째 서브든 대각선 방향의 네모 안에 어떻게든 공이 들어갈 수 있도록 연습에 연습을 거듭했다. 이러다 한쪽 팔만 늘어나는 건 아닐까 싶은 애먼 걱정이 들었지만, 그보다는 더블 폴트*를 더 걱정해야 했다. 연습 외에는 딱히 답이 없었다.

이후 틈틈이 게임과 레슨을 병행하면서 게임의 재미를 조금씩 맛봤다. 경쟁은 경쟁이지만 사회에서 경험한 경쟁과 달리, 내가 선택한 장소에서 내가 선택한 상대와 경쟁할 수 있다는 점이 마음에 들었다.

---

* 테니스 경기 때 주어진 서브를 두 번 다 실패하는 일. 두 번 모두 실패하면 포인트를 잃는다.

게임을 하면서 포핸드 스트로크, 백핸드 스트로크, 발리 같은 기술이 어떤 맥락에서 사용되는지도 입체적으로 파악할 수 있었다. 레슨 때 배운 걸 실전에 적용해보고, 실수가 잦은 동작은 다시 레슨 때 점검하는 과정을 반복했다.

나와 실력이 대등하다고 느낀 상대와 플레이할 때면 몰입을 경험하기도 했다. 심리학자 미하이 칙센트미하이는 사람들이 자신이 지닌 능력과 스스로 마주한 도전적 상황이 균형을 이룰 때 몰입의 즐거움(flow)을 느낀다고 했다. 그는 "플로우를 경험할 때 그토록 완전한 몰입이 가능한 까닭은 목표가 명확하고 피드백이 즉각적이기 때문"이라고 적었다.

테니스 게임은 완전히 몰입하기에 유리한 구조다. 일단 목표가 명확하다. 상대 코트로 공을 제대로 넘기는 것. 피드백도 즉각적이다. 내가 넘긴 공은 몇 초도 지나지 않아 상대 라켓에 맞고 돌아온다.

내가 숙달해야 할 능력과 도전의 어려운 정도는 서로 맞물리며 점점 높아져갔다. 그 수준이 곧 게임의 질을 결정했다.

"공을 끝까지 보세요."

"공한테 대들지 마세요. 공이 라켓에 맞는 걸 끝까지! 그 모습을 자주 봐야 해요."

코치가 유난히 반복한 말이다. 기술도 기술이지만 코치는 공에 집중할 것을 주문했다. 놀랍게도 라켓이 공에 맞는 순간을 끝까지 볼 때와 그렇지 않을 때의 차이는 컸다. 어림잡아 스윙했을 때의 적중률은 대체로 낮았다. 내 몸과 마음에 집중하기에도 벅찰 때가 있는데, 이제는 공까지 봐야 하다니.

어린 시절 테니스 선수로 활동하다가 코트를 떠나 다양한 기업의 코치로 활동 중인 티머시 갤웨이도 코치와 비슷한 이야기를 전한다.

공을 지켜본다는 것은 공의 모습에 집중한다는 뜻이다. 보는 것에 더욱 집중하기 위한 가장 효과적인 방법은 쉽게 눈에 띄지 않는 세밀한 부분에 집중하는 것이다. 공을 쳐다보는 것은 어려운 일이 아니다. 하지만 공이 회전하면서 공의 솔기에 의해 생성되는 패턴을 파악하는 것은 결코 쉬운 일이 아니다. (…)

솔기에 집중함으로써 얻을 수 있는 것은 공을 잘 보는 것만이 아니다. 회전하는 공에 의해 생성되는 패턴은 정말로 섬세하기 때문에 온 정신을 여기에 쏟을 수밖에 없다. 즉, 패턴을 관찰하는 데 마음을 빼앗긴 나머지 '지나치게

노력'할 겨를이 없어지는 것이다. 술기에
사로잡힌 마음은 신체의 자연스러운 움직임을
방해하지 않게 된다.*

'회전하는 공의 술기에 사로잡혀야 한다.' 여
전히 반신반의할 수밖에 없는 말이다. 그런데 그 말
을 실감한, 완전한 몰입을 경험한 날이 있다.

어느 일요일 이른 아침, 바람이 잔잔하고 적당
히 시원했던 강남세곡체육공원 테니스 코트.
맞은편 대각선 방향에 상대가 서 있다. 내가 서
있는 위치를 점검한다. 베이스라인에서 약간 뒤다.
이 정도면 되겠지. 상체를 최대한 낮춘 채로 공을 주
시한다. 그가 테니스공을 바닥에 몇 차례 튀기다 공
을 손바닥에 놓고 그대로 토스한다. 하늘 높이 떠 있
는 공이 저 멀리 보인다. 공이 허공에 멈췄다가 내려
오려는 찰나. 물고기를 잡으려는 그물처럼 그의 라
켓이 공 뒤에 펼쳐져 있다. 나 같은 아마추어가 이걸
받을 수 있을까. 불안이 잔잔한 바다 위 부표처럼 출

*   티머시 갤웨이, 『테니스 이너 게임』, 김기범 옮김, 소우주,
     2023, 148쪽.

렁인다. 그의 서브는 꽤 강력할 것 같다.

　탕. 적막을 깨는 소리가 들린다. 평소 게임할 때 듣던 소리보다 높은 음색이다. 스윙을 빠르게 하면 저런 소리가 나는구나. 골프 클럽으로 공을 칠 때나 듣던 소리를 테니스 코트에서 들을 줄이야. 혹시 상대가 체대 졸업생은 아니겠지? 딴생각을 하는 사이 공이 오고 있다. 너무 긴장해 라켓을 너무 꽉 쥐지 않도록 힘을 뺀다. 포핸드로 받아야 할지 백핸드로 받아야 할지 아직 모르겠다. 공이 내 몸 가까이 올 수도 있으니 일단 준비. 콧구멍 가득 숨을 들이마신다.

　공이 네트 위를 넘는다. 직선으로 들어오는 걸로 보아 플랫서브다. 상대와 나 사이에 가상의 직선이 있다고 했을 때 공이 미세하게 왼편에 있는 걸 확인한다. 포핸드로 받자(나는 왼손잡이다.) 점프한다. 두 발이 잠시 땅 위에 떠 있다가 내려옴과 동시에 상체와 엉덩이가 반시계 방향으로 돌아간다.

　코트 재질은 인조잔디다. 어느 물리학자는 "스핀이 없이 들어온 공도 물림*이 크면" 바운스 후에는 강한 회전이 생기게 되며 "공이 얼마나 회전하

＊　면의 마찰력 때문에 코트에 닿은 공이 타원형으로 찌그러지며 공 아랫부분이 코트 면에 잡히는 현상.

는지는 코트 면의 마찰력에 의해 결정된다"고 설명한 적이 있다.[*] 인조잔디 코트의 마찰력까지는 모르겠으나 경험상 코트에서 한 번 튄 공이 얼마나 빠르게 다가올지는 안다. 라켓 면을 제대로 갖다 대지 않으면 눈 깜빡하는 사이에 그대로 서브 에이스를 내주거나 빗맞아 라인 밖으로 아웃되어 포인트를 잃을 가능성이 높다.

　코트에서 한 번 튄 공이 내 몸 가까이 온다. 레슨 때 공이 오면 '하나, 둘, 셋'을 세며 1) 무릎을 살짝 구부려 상체를 낮추고 2) 라켓이 너무 위로 들리지 않도록 준비 자세와 동일한 높이로 뒤로 빼고 3) 상대편에 내 가슴이 보이지 않도록 어깨를 돌린 다음 4) 라켓을 잡지 않은 손을 뻗어 거리를 조절하고 5) 공이 상체 정중앙이나 그보다 앞에 있을 때 6) 라켓 면이 자동차 전면 유리창의 빗물을 닦아내듯 공 아래에서 위쪽 방향으로 감아치면서 7) 내 몸의 무게를 앞으로 싣고 8) 공이 라켓을 떠난 뒤에도 내 손이 반대편 귀 옆에 올 때까지 끝까지 스윙하라고 배웠다. 이 모든 과정을 줄여 말하면 탑스핀 포핸드

[*]　노재우, 『테니스 인&아웃』, 인하대학교 교수테니스회 편, 2022, 123쪽.

스트로크다. 그러나 한가하게 하나, 둘, 셋을 셀 여유가 없다. 그동안 연습해온 걸 운동뉴런이 기억하여 제발 내 근육들에게 빨리 알려주길 기대한다.

포핸드 스윙을 하는 순간 〈원피스〉의 주인공 몽키 D. 루피가 되는 상상을 한다. 내가 휘두르는 라켓이 실은 내 몸의 연장선이라고 생각하자. 나도 루피처럼 몸이 고무처럼 늘어나 채찍질하듯 스윙을 하는 거다. 라켓 면에 공이 묵직하게 닿는 게 느껴진다. 얼얼하다. 입으로 숨을 내쉰다.

공을 어디로 보내면 좋을까. 흔히 단식 경기든 복식 경기든, 아마추어라면 서브를 넣은 상대에게, 대각선 방향으로 깊게 보내는 것부터 연습해야 한다고 한다. 리턴의 첫째 목적은 우선 서브를 안정적으로 받아내는 데 있다. 서브를 제대로 받기만 해도 상대에게는 위협이 된다. 정면으로 리턴하는 다운 더 라인(down the line)도 있다. 이는 프로들도 자주 실수할 정도로 쉽지 않은 대신, 잘만 들어가면 허를 찌르는 공격이 된다. 피니시까지 제대로 했는지는 몰라도 이번에는 대각선 방향으로 넘겼다. 공이 네트 위를 무사히 넘어가고 있다.

스윙이 끝나자마자 코트 가운데 쪽으로 발을 돌린다. 상대가 리턴할 차례다. 다시 준비 자세. 이번에도 공이 어디로 올지 모른다. 그도 포핸드로 받아칠지, 백핸드로 칠지 고심 중이다. 상대는 포핸드 스트로크로 공을 보낸다. 한 번 더 스플릿 스텝, 잠시 허공에 떠 있다 땅에 닿은 두 발이 갈 곳을 찾는다. 이번에는 공이 코트 오른편을 향해 짧게 들어온다.

라켓을 들고 네트를 향해 달린다. 레슨 때 연습한 백핸드 발리 동작을 복기한다. "발리는 블로킹"이니 "공을 치는 대신 막는다고 생각"하라는 코치의 말이 떠오른다. 공이 맞기 직전 되뇐다. 나는 벽이다. 하지만 그 벽의 겉면은 쿠션처럼 폭신해야 한다. 그리고 공이 닿는 순간 라켓 모서리는 상대를 향해 워터 슬라이드처럼 미끄러져야 한다.

공의 모습에 집중한다. 회전하는 공 주변으로 솔기가 보인다. 눈을 더 크게 뜬다. 머릿속에 잡념이 사라진다. '이 공을 잘 받을 수 있을까' '잘해내야 한다' 따위의 생각은 들지 않는다. 몸이 저절로 라켓면을 세운다. 라켓을 쥔 손 전체에 힘이 들어간다.

텅. 아까보다 낮은 음색의 소리. 공이 맞는 순간, 머리 속도 텅 빈다. 어떤 불안도 지루함도 없다. 그저 공을 친다.

In or Out

2016년 초 호주의 퍼스 아레나에서 열린 호프만컵 테니스 대회. 당시 남자프로테니스(ATP) 세계 랭킹 26위인 미국의 잭 속과 307위인 호주의 레이튼 휴잇이 경기 중이었다. 1세트에서 게임 스코어 4-5로 지고 있던 휴잇이 서브할 차례. 서티 러브(30-0)로 앞선 상황에서 휴잇이 서브를 넣었고 주심은 폴트를 선언했다. 공이 서비스 라인 밖으로 나갔다는 의미다. 휴잇이 두 번째 서브를 하려는데, 맞은편에 있던 잭 속이 외쳤다.

"방금 친 공 코트에 들어왔어요. 챌린지 하세요!"

휴잇의 얼떨떨한 표정이 그대로 현장의 대형 스크린에 노출됐고 경기장은 순식간에 웃음바다가 됐다. 속이 재차 말하자 휴잇은 못 이기는 척 주심에게 전자 판독을 요청했다. 판독 결과, 공은 미세하게 라인에 닿았고 휴잇은 포인트를 얻었다. 속은 관중들에게 박수를 받았다. 이 게시물에 달린 댓글도 인상적이었다.

"잭 속은 1포인트를 잃는 대신 수십, 수백만, 아니 그 이상에게 잭 속이란 이름을 알렸군요."

정반대의 장면도 있다. 2023년 헝가리 부다페스트에서 열린 여자프로테니스(WTA) 투어. 세계 랭킹 548위인 헝가리의 아마리사 토스가 28위인 중국의 장솨이를 상대로 단식 본선 1회전을 치르고 있었다. 1세트, 게임 스코어 5-5, 피프틴 올(15-15)로 팽팽한 상황. 장솨이가 포핸드로 친 공이 라인 근처에 떨어졌다. 주심은 아웃을 선언했다.

장솨이는 곧바로 판정에 이의를 제기했다. 경기장은 클레이 코트. 클레이 코트는 공이 땅에 닿은 흔적이 그대로 남는다. 당시 경기 영상을 봐도 라인에 찍힌 흔적이 보인다. 주심은 높은 의자에서 내려와 공의 자국을 직접 살폈지만 아웃 판정을 번복하지 않았다.

5분가량 경기가 지연됐다. 헝가리 관중은 자국 선수를 응원하는 동시에 장솨이에게 야유를 퍼부었다. 경기는 그대로 속개되었고 장솨이의 서브 에이스로 서티 올(30-30) 동점 상황. 그리고 문제의 장면이 나왔다. 토스가 아까 그 공 자국을 발로 쓱 지워버린 것이다. "안 돼! 그대로 둬!" 장솨이가 큰 목소리로 말했지만 공의 흔적은 이미 사라진 뒤였다.

장솨이의 항의에도 불구하고 경기는 다시 진행되었다. 듀스 끝에 게임을 내준 장솨이는 벤치에서 눈물을 터뜨리고 결국 기권을 선언했다. 장솨이와 악수를 나눈 토스는 두 팔을 번쩍 들어 승리를 자축

했다. 토스의 행동은 그 후 동료 선수와 전 세계 테니스 팬 들에게 거센 비난을 받았고, 그는 나중에 장 솨이에게 사과하는 영상을 올렸다.

테니스 경기에서 공이 라인에 닿으면 코트에 들어간 걸로 간주한다. 국제테니스연맹(ITF)이 정한 총 서른한 개 테니스 규칙 중 열두 번째 내용이다. 즉 공의 대부분이 밖으로 나갔어도 단 1밀리미터라도 라인에 닿은 공은 코트 안에 들어왔다고(in) 판정한다.

두 장면이 화제가 된 건 라인 판정이 이처럼 경기에 큰 영향을 미치기 때문이다. 그래서 공이 코트 안에 들어왔는지 밖으로 나갔는지 판별하는 심판들이 있다. 말 그대로 라인 심판(line umpire, line judge, linesman), 줄여서 선심으로 불린다. 이들은 바로 선 자세에서 상체를 살짝 구부린 채 눈을 부릅뜨며 공을 지켜보다가 공이 라인 밖으로 나가면 즉시 "폴트!" 또는 "아웃!"이라고 외친다. 선심의 목소리는 대체로 엄격하고 근엄하며 진지하다.

한편 현대 테니스의 경기는 모든 면에서 점점 빨라지는 추세다. 그중에서도 서브 속도가 상징적이다. 전 세계에서 가장 빨랐던 서브 기록 50개를 추려보면 모두 시속 230킬로미터 이상이다. 선수가 아닌 동호인끼리의 경기 중에도 강력한 서브는 웬만큼 동체시력이 좋지 않고서야 인인지 아웃인지 육안으로 판별하기 힘든 수준이다. 하물며 프로 세계에서 쏜살같이 날아온 공이 하필 라인 근처에 닿았다면, 그 공이 1밀리미터라도 라인을 스쳤는지 밖으로 나갔는지 사람이 실시간으로 정확하게 판독할 수 있을까.

2004년 US오픈에서 세레나 윌리엄스와 제니퍼 캐프리아티가 맞붙은 8강전은 이런 의문에 불을 지폈다. 세트 스코어는 1-1. 3세트 중 결정적 순간에서 윌리엄스에게 불리한 오심이 네 차례나 나왔다. 윌리엄스는 팟캐스트 〈아키타입스〉 인터뷰에서 그날 경기를 이렇게 회상했다.

"제가 공을 칠 때마다 심판들이 아웃을 외쳤어요. 공이 라인에서 가깝든 멀든 상관없이요."

마침 US오픈은 여러 대의 초고속 카메라를 활용한 전자 판독 장비 중 하나인 '호크아이'를 시험 중이었다. 시력이 좋고 고도로 훈련 받은 선심이라도 실수할 가능성은 얼마든지 있다. 그러나 인간 선심의 판정이 호크아이에 의해 거듭 뒤집히는 과정이 TV에 그대로 중계되면서 논란은 더욱 커졌다. 경기 후 윌리엄스는 사과를 받았고 그 심판은 해고됐다.

그리고 국제테니스연맹은 2005년부터 전자 판독 장비에 의한 판정을 승인했다.

2024년 9월, 서울에서 열린 WTA 코리아오픈에서도 호크아이는 존재감을 과시했다. 정숙한 코트에서 선심이 큰 목소리로 "아웃"이라고 외친 순간을 기억한다. 아웃 판정은 얼마 안 가 주심에 의해 번복됐다. 선수가 챌린지를 사용했고 수천 명의 관중이 숨죽여 보는 가운데 호크아이로 재현된 영상에서 '인'으로 드러났기 때문이다. 그 선심의 얼굴이 화끈거리진 않았을지 내가 더 걱정될 정도였다. 이쯤 되면 '(호크아이 같은) 전자 판독 장비가 있는데 인간 선심이 굳이 필요할까' 하는 의문마저 든다(한국 프로야구는 스트라이크-볼 여부를 인간 주심 대신 '자동 투구 판정 시스템(ABS)'으로 판정한다.)

테니스 코트를 유심히 보면 라인은 생각보다 두껍다. 국제테니스연맹에 따르면 코트의 모든 라인은 적어도 2인치(5센티미터)의 두께를 가져야 한다. 코트의 위아래로 가장 바깥에 있는 베이스라인은 최대 4인치(10센티미터)까지 가능하다. 테니스 공의 직경은 6.54-6.86센티미터 수준. 베이스라인 안에 공이 들어가고도 조금 남는다.

라인이 공보다 두껍다는 사실은, 적어도 포인

트의 향방이 정해지기 전까지 최선을 다해야 함을 뜻한다. 동호인끼리 게임을 하던 중 나는 아웃으로 예상해 적극적으로 대응하지 않았다가 실점한 적이 몇 번 있었다. 붕 떠서 그대로 코트 밖으로 나간 줄 알았던 공이 뚝 떨어지며 라인 끄트머리에 사뿐히 닿는 모습을 꼼짝없이 바라볼 때의 기분이란. 이럴 때는 호크아이나 인간 선심 탓을 할 수도 없다. 명백한 내 실책이기 때문이다. 공이 나가길 기원하며 멍하니 있는 건 어리석은 행동이었다. 조금 더 공을 끝까지 보고 한 발자국 더 움직이다 보면 아슬아슬하게 라인에 닿은 공을 다시 칠 수 있었다.

라인 자체가 불량한 경우도 있다. 그나마 하드 코트나 인조잔디 코트에 그려진 라인은 양호한 편. 예전에 경험한 서울 한남테니스장의 클레이 코트는 전반적으로 관리 상태가 열악하고 노후한 편이었다 (지금은 모두 인조잔디로 바뀌었다.)

지면이 울퉁불퉁하기도 하고, 흰색 석회 가루로 그린 라인은 게임 후반부쯤 되면 발자국들로 지워지거나 옅어지기 일쑤였다. 바닥에 시공된 일부 라인은 상태가 좋지 않아 게임을 할 때마다 애를 먹었다. 강화 PVC 소재의 ㄷ자형 라인 벨트를 매립한 방식이었는데 세월이 흐름에 따라 일부가 깨지거나 형태가 변형되었다.

이런 불량한 라인에 공이 닿고 나면 예측하기 힘든 방향으로 튄다. 주식시장에서 기업의 주가를 예측하는 대신 잘 대응하라는 격언처럼, 라인을 맞고 튄 공을 얼마나 잘 다루는지에 따라 포인트가 갈리곤 했다. 이런 경우 라인 판정 시비가 붙을 일은 없었다. 공이 이상하게 튄다면, 그게 곧 라인에 닿았다는 가장 분명한 증거였기 때문이다. 이따금 공이 불규칙하게 튀어 포인트를 따면 상대에게 미안함과 고마움을 표하며 그저 운이 좋은 걸로 넘겼다.

테니스를 치면서 이렇게 라인에 집착하게 될 줄은 몰랐다. 라인이 도대체 뭐길래. 호기심이 발동해 '라인'의 어원을 살펴봤다. 밧줄, 일렬, 규칙, 방향 등의 뜻이 나온다. 리넨(linen) 섬유를 만드는 식물 아마를 뜻하는 라틴어 'linum'이 단어의 시작이다. 중세 영어에서 가장 처음 쓰인 의미는 '건축업자들이 측정을 위해 사용하는 줄'이었다가 그 줄은 이제는 경로, 코스, 방향을 내포하며 이제는 전방위적으로 쓰이고 있다. 대중 운송 수단과 통신망의 발전에 힘입어 유명 메신저 서비스의 이름으로 쓰이는가 하면, 정치에서 특정 인맥을 뜻하거나 군사 경계선으로도 의미가 확장되고 있다.

우리는 살면서 다양한 상황에서 라인을 마주한다. 그 선은 눈에 또렷이 보이기도, 그렇지 않기도 하다. 운전을 예로 들어보자. 30대 초반, 모터사이클을 타고 여행하던 시절의 나에게 가장 반복적으로 떠오른 이미지 중 하나는 소실점을 향해 빨려 들어가는 흰색 실선과 노란색 중앙선이었다. 온몸을 바이크에 밀착해 왼쪽 오른쪽으로 방향을 전환하면서 앞 차를 추월할 때면 그 선이 지평선과 함께 출렁이곤 했다. 그리고 선이 춤추는 걸 보노라면 내 신경과 생각 조각도 활발히 움직이는 느낌이었다. 특정한 생각이 소실점을 향해 수렴하는가 하면, 줄줄이 꼬리를 물고 발산하기도 했다. 이때의 라인은 관념적이었다.

나이가 들어 마흔이 넘은 지금, 아이를 뒷좌석에 태운 자동차를 운전할 때의 선은 보다 촘촘해졌다. 지금의 라인은 예전처럼 즐기는 대신, 보다 신중하게 지켜야 하는 대상이다.

어떤 대상을 관념적으로 바라볼 때와 그 세계 한가운데에 있을 때의 감각은 완전히 다르다. 건축가들이 오토 캐드 프로그램에서 '선 긋기(line)' 명령어를 이용해 완성한 도면은 미학적으로 아름답다. 하지만 설계 도면으로 본 건축물과 시공 현장의 결과물은 다른 경우가 많다. 서로 다른 선, 서로 다른 재료가 맞붙을 때면 그 간극을 현명하게 해결할 수 있는 별도의 디테일 도면도 필요하다.

테니스 코트도 처음에는 도면처럼 완벽하게 닫힌 하나의 계(界)로 보였다. 그 선의 조합이 미학적으로도 아름답다고 생각했다. 하지만 플레이하는 순간, 코트는 공사 현장처럼 시끌벅적해지고 돌발 변수로 가득하다. 심지어 라인까지 울퉁불퉁할 줄 알았을까.

언젠가 기술이 더 발전하면 테니스에서 라인 판정 시비가 온전히 사라질 수 있을까? 라인 판정이 선수뿐 아니라 심판에게도 큰 부담으로 작용하고 있다는 건 분명하다. ATP는 2025년부터 모든 ATP 대회에 전자 라인콜 라이브(ELC Live)를 도입하겠다고 발표했지만, 현실적으로 적용 가능할지는 미지수다. 대다수의 경기는 여전히 공정하고자 노력하는 인간 선심을 필요로 한다. 당분간 라인 판정 시비도 스포츠의 일부로 바라보는 게 낫지 않을까.

ATP 소속으로 가장 오랜 기간 주심으로 활동하는 심판 중 한 명인 모하메드 라히아니는 유독 논란과 사고가 많아 까다로웠던 어느 경기에 대해 이렇게 인터뷰했다.

"문제는 라인 판정에 대한 옳고 그름이 아니에요. 호크아이 시스템이 있는지, 호크아이 라이브 기술이 있는지가 중요한 것도 아니고요. 우리 심판들 스스로 준비되어 있어야 합니다. (코트에서는) 무슨 일이든 일어날 수 있으니까요."

가끔은 완벽하지 않더라도, 내 삶에도 심판이나 호크아이가 있으면 좋겠다는 상상을 해본다. 인생에서 중요한 결정을 내려야 하는 순간, 그 선택이 결과적으로 '인'으로 판정될지 '아웃'으로 판정될지 누군가 디테일을 알려주면 좋겠다.

그러나 인생에는 심판도, 호크아이도 없다. 내 인생은 내가 지휘해야 한다. 불확실한 상황에서도 크든 작든 선택을 해야 하고, 그 선택은 모호한 경계 위에서 이루어진다. 결혼을 할까 말까. 아이를 낳을까 말까. 이사를 갈까 말까. 지금 다니는 회사를 그만둘까 말까. 이 선은 닿아도 되는 걸까. 건드려서는 안 되는 선일까.

언제 어떻게든 공은 날아온다. 공이 라인 근처에 애매하게 떨어지고 있다면 일단 준비하자. 공을 칠까 말까 할 땐 치는 게 차라리 낫다. 라인은 생각보다 두껍다. 그리고 라인 위에서는 무슨 일이든 일어날 수 있다. 두꺼운 라인 앞에서 어떤 선택을 할지는 코트 위에 선 자의 몫이다. 그 선택이 인생에서 어떤 포인트가 될지는 알 수 없지만, 최선을 다하는 수밖에 없다. 그게 삶이라는 코트에서 조금씩 이기는 유일한 방법 같다.

테니스와 육아, 그리고 인생 공간

"여러분의 인생 공간은 어딘가요?"

서울 마포구 서교동의 어느 식당 안. 테이블 가운데 놓인 어복쟁반의 육수가 끓을 무렵, 맞은편에 앉은 남자가 일행들에게 물었다. 식사 자리에는 남자와 나를 제외하고 두 명이 더 있었다.

평소라면 난데없이 훅 들어온 질문에 당혹스러웠을 법도 한데 그의 어투는 스매시보다는 초보자도 쉽게 칠 수 있도록 코트 안으로 톡 넘기는 발리에 가까웠다. 창밖에는 부슬부슬 비가 내리고 있었고, 나는 대답 대신 육수가 전골 냄비 밖으로 튀지 않도록 불을 약하게 줄였다.

점심을 먹기 전 우리는 모두 『건축가의 공간 일기』 북토크에 참석했었다. 이 책은 어느 건축가가 30년 동안 스케치한 공간 일기를 기반으로 한다. 좋은 공간에 나를 두는 게 왜 중요한지, 그런 공간을 발견하고 감상하는 방법은 무엇인지, 마지막으로 공간에서 변화하는 감정을 관찰한 뒤 무얼 실천하거나 느끼면 좋을지, 공간의 쓸모를 묻는다. 저자는 책 전반에 걸쳐 자신이 경험한 '인생 공간'들을 스케치와 함께 하나하나 소개한다. 우리에게 질문을 던진 남자는 이 책의 저자이자 북토크의 주인공인 조성익 건축가였다.

일상 공간의 평범함에서 약간 벗어나 있는, 그러나 너무 특별하지 않은 공간. 그 공간에 배경처럼 흘러가는 잔잔한 사건. 이런 장소에서 우리는 일생일대의 숙제가 한 번에 풀리는 경험을 할 수 있다. 하루키식 표현법을 빌리자면, 에피퍼니라는 수줍은 고양이는 1군보다는 2군, 메이저보다는 마이너 공간에서 조용히 숨죽이며 우리에게 발견되기를 기다리고 있는 것이다.[*]

책을 읽고 북토크까지 참석한 뒤 생각이 너무 많아졌던 걸까. 다들 한 번에 답하길 주저했다. 여름날의 토요일 점심, 적당히 익은 어복쟁반 앞에서 단순히 좋아하는 공간도 아니고 인생을 건 공간을 꼽아야 하다니. 부담스러운 질문이긴 했다.

나는 문득 머릿속에 답이 하나 떠올랐다.

"제 인생 공간은 테니스 코트예요."

"오, 왜요?"

"왜냐면…."

그날 초면인 자리에서 내가 뭐라고 말했는지

---

[*]   조성익, 『건축가의 공간 일기』, 북스톤, 2024, 82쪽.

자세히 기억나진 않는다. 갑자기 떠오른 답이라 이유를 대충 얼버무렸거나 엉뚱하게 설명했을 수도 있다. 시간을 들여 그 질문에 대한 답을 곱씹어봤고 늦게나마 그 생각을 여기에 써본다.

먼저 나의 인생 공간에 해당하는 곳이 테니스 코트 말고도 하나 더 있다. 전북 남원시 산내면에 있는 실상사다. 지리산 아래 작은 마을 산내면은 귀농, 귀촌 등 외지인 비율이 40퍼센트를 넘으며 인구가 감소하는 추세인 지방에서 거꾸로 인구가 늘고 있는 독특한 마을이다. 마을 중심에 실상사 귀농학교가 있다.

산내면과 실상사는 나에게 인생의 숨구멍 같은 곳이다. 도시 생활에 지치거나 이직 등 중요한 결정을 앞둔 때면 이곳에 며칠 머무르며 숨을 돌렸다. 한결같은 능선과 청명한 하늘, 대안적 삶을 실천하고 있는 사람들의 얼굴을 보노라면 무엇이 좋은 삶인지 자문하며 어떤 고난이 나를 할퀴어도 내 삶을 다시 시작할 수 있겠다는 용기를 얻었다.

실상사와 테니스 코트에는 공통점이 있다. 평소 비어 있는 공간이라는 점이다. 텅 빈 땅에 서서 면 산과 하늘을 보면 어느덧 그 풍경에 놓인 나를 높은 위치에서 내려다보는 경험을 한다. 비행기 창밖 너머로 세상 풍경을 보면 너무 작고 아기자기하여 속세의 고민이 대수롭지 않게 느껴지듯, 그곳에 서 있으면 현실의 고충을 잊는다.

큰 차이점도 있다. 비어 있는 두 공간이 놓인 맥락이 다르다. 실상사가 위치한 산내면은 지리산 능선과 하늘이 대부분의 풍경을 채우는, 도시 풍경 과는 대척점에 있는 평화롭고 고요한 동네다. 첩첩 산중 뱀사골 계곡을 따라 861번 지방도를 굽이굽이 달리는 동안 한국에서도 이런 청정 지역은 드물다는 생각을 한다.

그만큼 도시에서 접근성은 떨어진다. 서울에서 자동차로 네 시간 넘게 걸리는 실상사를 자주 가긴 어렵다. 조성익 건축가가 책에서 언급한 "퇴근 후 기 분 전환하러 쉽게 갈 수 있는 곳, 반차를 내고 찾아 갈 만한 장소, 주말에 쓱 떠날 수 있는 공간"과는 거 리가 먼 장소인 것이다. 내가 일상적으로 가는 테니 스 코트는 대부분 수도권, 그중에서도 서울에 있다.

모든 게 빽빽한 도시에 놓인 텅 빈 코트. 그 안 에서 테니스를 치면 다른 우주에 있는 기분이 든다. 서울처럼 사방이 빌딩으로 둘러싸인 공간에서 한 가롭게 공을 주고받다니. 그런 기분을 사치스럽거나 호화롭다고 표현하기엔 어딘가 어색하다. 사치란 '필요 이상의 돈이나 물건을 쓰거나 분수에 지나친 생활을 함'을 뜻한다. 사치보다는 오히려 지친 심신을 단련하고 수행하는 행위에 더 가깝다.

테니스 코트가 아무리 인생 공간이라 해도 살다 보면 그런 인생과 공간을 잠시 떠나야 하는 시기가 찾아온다.

2021년 4월, 아이가 태어났다. 한 생명의 탄생은 빅뱅과도 같아서 환희의 순간이 지난 다음에는 완전히 새로운 시간, 공간, 물질에 적응하는 나날의 연속이었다. 하루 열두 번씩 젖이나 분유를 먹는 신생아와 함께하는 시간은 시작과 끝이 모호했다. 공간은 집과 회사로 좁혀졌다. 모든 것이 '처음'인 상황이라 한 치 앞을 내다보기 어려웠다.

아내가 산부인과를 퇴원하고 조리원에 있던 시기는 그나마 천국이었다. 조리원을 나와 집에서 온전히 돌봄과 육아를 시작하면서 살면서 한 번도 맡아보지 않은 역할을 빠르게 습득해야 했다. 내 몫을 제대로 하지 못하면 실시간으로 피드백이 돌아왔다. 작디작은 아이가 온 힘을 다해 울기 시작했으니 말이다. 분유를 먹이고 트림을 시키고 어느새 싼 똥을 치우고 엉덩이를 씻기고 기저귀를 다시 채우고 잠을 재우고 분유병을 열탕 소독하고 다시 분유를 먹이고… 하는 굴레에 갇혀 내 삶도 저물어가는 기분이었다.

잠자는 시간마저 부족해지면 다른 욕구는 뒷전이 된다. 이런 상황에서 테니스? 상상도 안 했다. 코로나 팬데믹이 한창이던 시절이다. 나는 대학원 석사 2학기 과정을 밟고 있었다. 조리원에서 감히 '줌'으로 비대면 수업을 듣던 중 아이 울음소리가 들렸다. 아내의 따끔한 시선도 느껴졌다. 공부가 웬 말이냐. 그날 바로 휴학계를 제출했다(그 후 나는 대학원으로 돌아가지 않았다.) 이때는 공부든 테니스든, 혼자만의 시간을 갖는다는 것 자체가 사치였다. 온몸으로 출산 과정을 겪은 아내는 더딘 회복 속에 모유 수유를 하는 동안 아이와 여전히 분리되지 못해 한참 힘들어했다.

아이가 무사히 백일을 넘기고 아내도 몸과 마음을 회복할 즈음, 테니스 코트로 나갈 기회를 살폈다. 레슨부터 등록했다. 점심 시간을 이용해 회사 근처 실내 코트에 다녀왔다. 생후 6개월을 지난 아이가 통잠을 자기 시작하면서 나는 일요일 저녁마다 야외 코트로 나가 게임을 재개했다.

남편이 일하는 동안 교외에 내던져진 아내,
혹은 어린 자녀를 둔 엄마들이 겪는 외로움을
상담을 하면서 가장 흔하게 접했다. (⋯) 어느
동네에나 고독감이 만연해 있지만 잘사는
동네에서는 미친 스케줄로 고독감을 감추고
있는 것 같다. 테니스를 그렇게들 많이 치는
것도 그런 이유에서다. 정말이지 모두가
테니스를 친다.*

　미국의 저널리스트 수잰 고든이 '고독의 구조'
를 탐구한 책에서 테니스가 등장한 부분은 흥미롭
다. 고백하자면 일과 육아에 모두 허덕이던 때, 나는
교외에 사는 주부처럼 조금은 미쳐 있었다. 그 감정
이 고독이었는지 외로움이었는지는 모르겠다. 차라
리 잠이라도 푹 자며 체력을 아껴야 했는데 반대로
몸을 혹사했다. 그저 코트로 나갈 수 있다면 스트레
스가 풀릴 것 같았다.
　한동안 두 가지를 고집했다. 테니스 코트로 나
가는 것 그리고 테니스를 치고 난 뒤 아내와 아이까

---

*　Suzanne Gordon, *Lonely in America*, Simon & Schuster,
　1976, New York, p. 105.

지 잠든 집에서 홀로 필스너 맥주와 감자칩을 먹는 것. 근육 통증과 더불어 마음에도 점점 독소가 쌓이고 있었다.

그즈음 아내와 크게 다퉜다. 무엇 때문에 다퉜는지 정확히 기억나지는 않지만 일상의 갑갑함을 호소하던 아내에게 "그러니까 당신도 '자기만의 숨구멍'을 찾아"라는 식으로 말했던 것 같다. 그게 얼마나 폭력적인 말인지 나중에 알았다. 운동조차 버거운 아내에겐 숨구멍이 없던 시절이었으니 코트로 나가고 술까지 마시는 내가 얼마나 얄미웠을까. 퇴로 없는 일상은 아내에게 지옥이었을 것이다. 이때 뱉은 말을 떠올리면 여전히 후회된다.

다행히 시간은 어김없이 흘렀고 아이는 아빠의 속 좁은 고민이 무색하게 무럭무럭 건강히 자라났다. 2022년 4월, 아이가 돌을 넘기고 아내의 바통을 이어받아 내가 육아휴직을 시작하면서 상황은 점차 좋아졌다. 가끔 내가 아이만 데리고 1박 2일 동안 본가로 가거나 당일치기 여행을 다녀오는 동안 아내가 온전히 휴식을 취할 수 있도록 했다. 그렇게 우리 부부 사이에는 교대 육아가 조금씩 자리를 잡았다. 육아휴직을 시작하면서 아내에게 부탁한 건 딱 하나였다.

"매주 일요일 테니스 모임은 계속 나가도 될까?"

풀타임 양육자로 지내는 동안 아내의 배려로 일요일 저녁 7시부터 10시까지 테니스 코트로 나갔다. 그 시간을 사수하고자 토요일 아침부터 일요일 저녁 6시 30분까지 육아와 집안일을 더 열심히 한 건 물론이다. 코트로 가기 전부터 나는 여우를 만나러 가는 어린 왕자처럼 들떠 있었다. 그 들뜸이 얼굴에 드러나지 않도록 집에선 표정 관리를 해야 했다. 음식물 쓰레기를 버리러 가는 길에 쐬는 바깥공기조차 상쾌하던 때였으니 코트에서 들이마시는 공기는 센트럴 파크를 한참 달린 뒤 마시는 에너지 드링크처럼 달콤했다.

코트로 가는 길. 라디오에서는 〈배철수의 음악캠프〉가 흘러나왔다. 일요일마다 배철수 DJ가 '선데이 스페셜'이란 코너로 선곡한 곡을 흥얼거리며 노래에 내 기분을 맞췄다. 주말 내내 아이와 놀아주느라 테니스 코트에 도착한 직후에는 온몸이 쑤신 상태였지만 워밍업을 하면서 라켓과 공에 내 몸을 조금씩 맞췄다.

게임을 하는 동안 공이 잘 맞으면 한 주의 고생을 보상 받은 기분이었다. 땀 흘리며 플레이하는 동안 일상의 온갖 잡념을 떨치며 머리를 비울 수 있었다. 집으로 돌아오는 길은 게임 결과에 따라 듣는 노래가 바뀌었다. 그날 경기에서 이기면 이긴 대로 지면 진 대로 다음을 기약할 수 있으니 몸과 마음이 가뿐해진 채로 집에 도착했다.

지난해를 제대로 회고할 여유도 없이 새해를 맞았다. 2021년을 돌이켜보면 네트 가까이 서서 발리 동작을 하는 마음으로 보냈던 해였다. 공을 제대로 받아친 것 같은데 알고 보니 라켓 면이 비스듬히 기울어져 있거나, 그립을 잘 잡고도 많은 공을 놓쳤다. 빠르게 날아오는 공에 얼굴을 맞아 눈퉁이가 밤탱이가 되기도.

반대편 코트에는 누가 있었을까. 주로 양 실장과 송이가 있었고, 일하면서 만난 사람들이 있기도 했다. 간혹 나 자신이 반대편에 서 있는 경우도 있었는데, 그때 펼친 경기가 가장 힘들었다.

법정 스님은 "세상에는 여러 종류의 자유가 있지만, 궁극적인 자유는 자기로부터의 자유"라고 말했다. 스님 말씀을 마음에 새기는 한편 양가감정도 든다. 내가 나를 챙기지 않으면 누가 나를 챙겨주나.

　누군가의 배우자, 누군가의 아빠라는
사회적 역할과 나 자신의 포지션 사이에서
갈팡질팡하느라 육아 1년 차를 임기응변으로
보냈다면, 2년 차는 현명하게 보내고 싶다.
새해에는 나 자신의 비중을 줄이고, 코트
체인지도 제때 하면서, 더 유연하게, 날아오는
공도 발리로 가볍게 팡팡 막아내는 사람이 되면
좋겠다.

— 2022. 1. 1. 메모 중

　나에게 테니스 코트가 각별해진 이유는 뭘까.
단순히 비어 있는 땅에서 공놀이하는 재미 때문만
은 아니었을 것이다. 미국의 도시사회학자 레이 올
든버그가 1989년에 쓴 『제3의 장소(The Great Good
Place)』를 접하면서 내가 테니스 코트에 반복적으로
간 행위를 입체적으로 이해할 수 있었다.

　올든버그는 현대 미국 사회에 고독감과 소외감
이 만연한 원인을 '제3의 장소'가 부족하기 때문이
라고 진단한다. 여기서 제3의 장소란 "사람들이 가
정(제1의 장소)과 일터(제2의 장소) 밖의 영역에서 다
른 사람들과 즐겁게 어울리기 위해 자발적으로, 그

리고 격식 없이 자주 찾는 공공장소들을 통칭하는 용어"다.

그는 미국 대도시 외곽의 중산층 주택단지가 지닌 문제에 집중했다. 자동차로만 이동 가능한 미국 교외 지역에서는 유럽에서 흔히 볼 수 있는 파리의 노천 카페, 피렌체의 도심 광장, 런던의 펍 같은 '비공식적 공공 모임 장소', 즉 제3의 장소를 찾아보기 어렵다.

제3의 장소에는 몇 가지 특징이 있다. 공간의 목적이 뚜렷하지 않은 중립적인 성격을 지니며, 대화가 중심이 된다. 누구나 쉽게 접근할 수 있으며 개개인을 존중해 즐겁고 편안한 분위기 속에 휴식과 재충전이 가능하다. 올든버그는 제3의 장소가 "근본적으로 집과 다르지만, 심리적인 편안함과 지지받고 있다는 느낌을 준다는 점에서 이상적인 집의 성격과 흡사"하다고 덧붙였다.

이런 만능 단어를 마케팅 전문가들이 놓쳤을 리 없다. 스타벅스의 전 CEO 하워드 슐츠는 일찍이 스타벅스의 미션을 재정비하면서 '세상에 따뜻하고 포근한 제3의 장소를 제공하는 것이야말로 현재와 미래를 위한 우리(스타벅스)의 가장 중요한 역할이자 책임'이라고 밝혔다. 소니는 한술 더 떠서 플레이스테이션2 게임 광고에 이 단어를 차용했다. 독일 소니의 마케팅 책임자였던 론 라코스는 이런 말도 남겼다.

"규칙과 논리의 세계에서 벗어나 이 새로운 곳으로 오십시오. 이곳은 일터가 아닙니다. 그렇다고 집도 아닙니다. 지도에도 나와 있지 않은 곳입니다. 틀에 박힌 것은 하나도 없습니다. 모든 것이 가능한 제3의 공간에 오신 것을 환영합니다."

『제3의 장소』 초판이 나온 지도 35년이 지났다. 이제는 사람들이 자주 들르는 동네 카페, 가게, 서점, 술집, 미용실 또는 소규모 독서 모임 등 제3의 장소라고 부를 만한 공간이 훨씬 많아졌다.

테니스 코트 역시 '제3의 장소'에 충실한 곳이다. 소니의 광고처럼 모든 게 가능한 곳은 아니지만 코트에서의 게임도 충분히 즐겁다. 테니스 코트는 중립적이기도 하다. 적어도 코트에 있는 동안, 모든 참가자는 직업과 나이에서 자유롭다. 오직 실력으로만 판가름 난다.

이곳에서만 통하는 코드도 있다. 함께 플레이하는 사람 간의 에티켓이 중요하다. 가령 처음 서브를 할 때는 상호 인사를 한다. 상대에게 공을 전달할 때는 멀리 있는 사람 순으로 공을 보낸다. 이때 공은 가급적 상대가 편하게 잡을 수 있을 정도로 부드럽게, 너무 빠르지도 느리지도 않게, 한 번 정도 땅에 튀도록 전달한다. 게임을 하다가 같은 편이나 상대가 실수를 하거나 공이 라인에 아깝게 빗나갈 경우 (내가 포인트를 따더라도) 아쉬움의 뉘앙스를 전하면 좋은 식이다. 이런 사소한 행위는 코트에서 처음 만난 사람들끼리 서로 존중하도록 하며 나아가 유대감을 형성하게 한다.

여느 때처럼 게임을 마치고 코트에서 집으로 돌아오는 차 안. 이번에는 라디오 주파수를 KBS 클래식FM에 맞췄다. 진행자가 어느 남성과 대화를 나누고 있다.

"저도 머지않아 40대로 접어들어요. 충분히 잘하고 있는 젊은 연주자들이 많아요. 후배들이 이미 너무 잘하고 있지만, 그래도 궁금한 게 있다면 저에게 자주 물어봐달라고 해요. 그들에겐 가능성이 많잖아요. 저는 이제 중간 단계로 넘어왔으니 제 나이대의 고민을 해야겠지요."

누구길래 벌써 이런 고민을 하나 싶었는데, 세계적인 피아니스트 김선욱이었다. 그는 2024년 경기필하모닉오케스트라의 음악감독으로 취임하며 지휘자로서의 커리어도 이어가고 있다. 피아노 연주

대신 지휘를 하는 것에 대해 진행자가 소감을 묻자 그는 이렇게 답했다.

"연주자로서 지휘를 할 수 있다는 건 여러모로 감사한 일이에요. 무엇보다 다른 악기의 소리를 들을 수 있으니까요."

짧은 대화를 마친 뒤 김선욱은 경기필하모닉 단원들과 구스타프 말러의 피아노 4중주를 연주했다. 진행자의 감탄이 이어졌다.

"아까 말할 때와 피아노 앞에 앉을 때의 눈빛이 전혀 다르네요. 딴사람인 줄 알았어요."

김선욱은 곡의 여운이 가시지 않았는지, 숨을 고르며 말했다.

"저는 피아노 앞에 앉아 있을 때가 가장 좋아요. 살면서 챙겨야 하거나 고려해야 할 자잘한 일들이 많잖아요. 그런데 연주나 지휘를 할 때면 아무 생각을 하지 않아도 돼서 좋아요. 이 순간을 제일 좋아합니다."

그의 연주와 말을 들으면서 내가 테니스 코트에 나가는 이유를 누군가 대신 설명해준다는 인상을 받았다.

결국 아무 생각을 하지 않기 위해 코트로 간다.

어쩌면 이게 테니스 코트가 나의 인생 공간인 이유다. 텅 빈 공간에서 아무 생각을 하지 않는 순간, 타인의 소리, 내면의 다른 소리를 들을 수 있다. 그 순간을 보내고 나면 기쁨이 찾아오고 스스로를 관대하게 돌아보게 된다. 아내의 배우자로서, 아이의 아버지로서 그리고 순수히 테니스를 좋아하는 개인으로서, 내 삶을 충분히 잘 살고 있는지 묻게 된다. 매번 답은 '그렇지 못한 것 같다'로 귀결되지만 집으로 돌아오는 길에 마음을 다잡는다. 다음에 코트로 나가기 전까지, 한 주를 더 잘 살아보자고 말이다.

아내가 아이를 데리고 테니스 코트를 찾은 적이 두어 번 있다. 아이가 두 발로 걷기 시작하고 옹알이를 할 즈음이다. 세상에 나와 처음 코트를 경험한 아이의 모습을 기억한다. 아이 눈에는 허허벌판 같은 곳이 무서웠나 보다. 조금이라도 나와 떨어져 있으면 금방 울상이 됐다. 놀랍게도 코트에 두 번째 왔을 때는 공과 라켓에 흥미를 보였다. 한 손에 아이를 안고 다른 손에 라켓을 든 채 바라본 노을이 아름다웠다. 그 하늘빛을 보면서 너무 멀지 않은 미래에 온 가족이 테니스를 함께 치는 그림을 그렸다. 그러면 테니스 코트를 온 가족의 인생 공간이자 제1의 장소로도 부를 수 있겠다.

"송이야. 아빠, 테니스 '빵' 치고 올게."

"자꾸 나랑 안 놀아주고 테니스를 치러 가면 어떡해?"

네 살이 된 딸은 이렇게 말한다. 이제는 아내뿐 아니라 아이 눈치도 봐야 한다. 언젠가 송이가 '아빠는 왜 자꾸 나갔냐'고 묻는다면 이 글을 보여줄 생각이다.

미안해. 그런데 아빠도 살려면 어쩔 수 없었어.

그리고 예나 지금이나, 테니스 코트로 나가는 시간을 너그러이 허용해준 아내에게 깊은 고마움과 사랑을 표한다.

진정한 자유는 구속과 해방 사이에 있다. 아이가 태어난 뒤로 구속과 해방, 두 꼭짓점의 거리는 훨씬 더 멀어진 기분이지만 앞으로도 그 사이를 기꺼이 왕복할 생각이다. 테니스를 계속 칠 수만 있다면.

노는 물이 중요할까?

회사를 그만두고 일을 쉰 지 6개월이 넘어간다. 주변에서 슬슬 안부를 묻는다. 지난 6개월 동안 고정 스케줄이 있다면 육아와 집안일, 그리고 테니스 정도. 아내와 번갈아가며 아침마다 아이를 어린이집에 보내고, 주 2회 테니스 레슨을 받고, 비정기적으로 테니스 모임에 간다. 나머지 시간에는 주로 글을 쓴다. 밥벌이를 위한 경제 활동을 하지 않는 나름의 명분이 있다면, 아직 이 책을 마감하지 못했기 때문이다(이 페이지를 지면으로 읽는 날을 고대하고 있다.)

테니스에 관한 에세이를 쓰고 있다고 말하면 보통 두 가지 답이 돌아온다. 자신도 테니스 레슨을 받고 있다며 관심을 보이거나, 관심을 넘어 언제 한번 같이 치자고 하거나.

테니스를 같이 치는 건 상황에 따라 이루기 쉽기도, 어렵기도 하다. 우선 코트가 필요하다. 그리고 서로 시간을 맞춰야 한다. 여기에 실력이 비슷해야 원만한 게임이 가능하다. 누군가 테니스 동호회(이하 클럽)에 속해 있고 그 클럽이 손님을 받는다면 상대를 정기 모임에 초대할 수도 있다. 하나라도 조건이 맞지 않으면 "언제 한번 밥 먹어요"처럼 지나가는 말이 되어버린다.

종로 익선동에서 전 직장 동료와 점심을 먹다

가 동료가 테니스에 관심을 보였다.

"오, 저도 테니스 레슨 받고 있어요. 언제 한번 같이 쳐요!"

"좋아요. 클럽 활동도 하세요?"

"따로 가입한 곳은 없어요. 친구들끼리 가끔 코트 빌려서 놀이하듯이 치거든요. 공만 넘기는 수준이에요."

동료는 유년 시절 머물던 베트남 호찌민에서 테니스를 처음 배웠고 성인이 되어 본격적으로 레슨을 받는 중이라고 했다. 동료가 말했다.

"테니스는 평등한 스포츠래요."

몇몇 클럽을 거치는 동안 이 스포츠에 차별이 얼마나 촘촘하게 존재하는지, 코트에 그려진 굵은 선 말고도 보이지 않는 선이 얼마나 많은지 경험한 터라 그렇게 말한 이유가 궁금했다. 앞서 테니스 코트를 제3의 장소에 비유했지만 코트는 여느 제3의 장소와 달리 '누구나 쉽게 접근할 수' 없다. 그 이유는 뒤에서 차차 적어보겠다.

동료가 대화를 이어갔다.

"제 지인이 그렇게 말했어요. 테니스는 라켓, 신발, 공 정도만 있으면 되잖아요. 테니스 용품이나 코트 대관비가 그렇게 비싼 것도 아니고요."

이건 나도 동의한다. 레슨 비용을 제외하고 테니스는 다른 스포츠에 비해 초기 비용이 적게 든다. 테니스 라켓과 테니스화, 공을 합쳐도 3, 40만 원이면 충분하다.

골프나 사이클링은 기본 장비 자체가 비싸다. 입문용 골프채도 풀세트는 150만 원은 줘야 한다. 자전거도 입문 비용이 만만치 않다. 저렴한 것도 50만 원대, 프레임 소재가 알루미늄에서 탄소 섬유로 넘어가면 본체 가격만 3백만 원을 훌쩍 넘어간다. 장비에 진심인 동호인들은 프로가 탈 법한 성능의 자전거를 위해 천만 원 이상을 쓴다고도 들었다. 조금 더 가볍고 조금 더 잘 나가고 조금 더 잘 멈추는 자전거를 위해 경차 한 대 가격 이상을 지불해야 하다니…. 그에 비하면 테니스는 러닝이나 수영처럼 상대적으로 저렴한 비용으로 즐길 수 있는 스포츠로 느껴진다.

한국말은 역시 끝까지 들어야 한다. 동료가 이어 말했다.

"지인이 이런 말도 했어요. 테니스는 평등한 스포츠이긴 한데, 다 같이 게임하고 헤어질 때면 평등하지 않다고요."

"무슨 말이죠?"

"대부분 차를 타고 코트로 오잖아요. 헤어질 때 어떤 차를 타는지 서로 알게 되니까 거기서 경제력이 드러난다고 하더라고요."

문득 잊고 있던 장면 하나가 떠올랐다. 서울 장충장호테니스장(이하 장충테니스장)에서 레슨을 받던 때다. 1971년 9월 문을 연 장충테니스장은 '한국 테니스의 요람'이라 불릴 정도로 유서 깊은 장소다. 서울 도심 한복판에 있기도 하다. 내가 살던 곳은 왕십리 근처. 테니스장까지 차로 15분 거리였다. 먼저 레슨을 받던 친구들의 추천으로 나도 장충테니스장 주말 레슨을 등록했다.

한 달 동안 이곳을 오가며 특유의 분위기가 있음을 느꼈다. 어느 동호인이 그랬다.

"여긴 '물'이 다르지. 내 친구 중 하나는 직장이 서울인데 퇴근하고 경기도에 있는 집으로 간 다음 굳이 포르쉐를 끌고 다시 여기로 온다니까."

어떤 물인지 몰라도 '뭔가 다르다'는 느낌이 든 곳은 장충테니스장이 처음이었다. 레슨비부터 달랐다. 매주 토요일마다 한 시간씩 코치에게 일대일 레슨을 받았는데 2020년 기준 55만 원을 지불한 걸로 기억한다. 주말 레슨이 평일보다 비싼 걸 감안해도 동네에서 내던 비용의 두 배가 넘었다.

게임을 하거나 레슨을 받는 사람들의 옷차림
도 왠지 더 우아하게 보였다. 화보에서 튀어나온 듯
한 패션 감각을 뽐내는 사람들 틈에서 나는 집에 굴
러다니던 기능성 옷을 입고서 땀을 방출했다. 나이
키나 윌슨, 라코스테도 아닌 국산 등산복 브랜드 옷
이었다. 주차장에는 외제차 비율이 높았다. 국산차
라고 해도 제네시스, 그랜저 같은 고급 승용차가 흔
했다.

"누가 아직도 포핸드를 플랫하게* 쳐요? 요즘
은 동호인들도 탑스핀 포핸드로 감아치는걸요. 자동
차 와이퍼가 앞 유리창 닦듯이요."

코치는 라켓으로 앞 유리창 닦는 시범을 보인
뒤 포핸드 동작부터 교정하자고 했다. 스스로를 선
수 출신이라 소개한 코치의 말투는 확신에 차 있었
다. 이곳 코치들의 나이대는 동네 아파트 단지의 중
년 코치에 비하면 확연히 어렸다. 나는 그동안 배운
걸 잊고 처음부터 새로 배워야 한다는 생각에 아득
하기만 했다.

테니스도 누구에게 배우느냐에 따라 기본기가
다를 수 있다는 걸 깨달았다. 코치의 권유로 라켓 쥐

* 공에 거의 스핀을 주지 않고 직선으로 강하게 치는 기술.

는 법도 이스턴 그립에서 세미웨스턴 그립*으로 바꿨다. 내 포핸드 동작은 플랫과 탑스핀을 오락가락 했지만 코치가 동작을 세심하게 살펴봐준 덕분인지 전보다 나아지고 있다는 '느낌'은 확실했다. 학생 때 고액 과외 한번 받아본 적이 없는데 이런 게 족집 게 고액 과외를 받는 효능감인가. 레슨비가 비싼 게 마음에 걸렸지만 더 나이 들기 전에 기본기를 제대로 잡자고 다짐했다.

그 코트에 들어서면 나도 모르게 부자가 된 느 낌이었다. 현실은 그렇지 않았지만, 장충테니스장의 레슨 비용을 내는 동안 이 기분을 종종 누리고 싶다는 욕망이 생겨났다.

'뭔가 다르다'는 느낌은 클럽을 경험하면서 더 구체화됐다. 매주 일요일 오후 6시. 코트 두 면을 빌려 무작위로 모인 사람끼리 네 시간 동안 원 없이 게임을 했다. 해가 지면서 아름답게 변하는 하늘이 깜

* 라켓 핸들을 쥐는 법에 따라 컨티넨탈, 이스턴, 세미웨스턴, 웨스턴 등 다양한 그립이 존재한다. 이스턴은 공을 직선 방향으로 강하게 칠 수 있다는 장점이 있고, 웨스턴은 탑스핀에 강점이 있다. 세미웨스턴은 이 둘의 중간이며, 복식 경기를 주로 하는 한국의 테니스 클럽에서 많이 쓰인다.

깜해질 때까지 테니스를 쳤다. 코트에는 어느새 땀 방울이 뚝뚝 떨어졌고 야간 조명이 꺼지는 밤 10시 무렵에는 발바닥까지 뜨끈뜨끈해졌다. 조리로 갈아 신고 집으로 돌아와 개운하게 샤워하며 한 주를 마무리하는 게 삶의 낙이었다. 아이가 태어나기 전이라 주말 시간을 활용하기 자유로운 때였고, 그만큼 에너지도 마음껏 썼다.

여름이 지나고 코트 위의 공기가 선선해질 즈음, 이곳에서는 실력을 통한 구별 짓기가 진행됐다. 어느 회원이 총무 역할을 자처했다. 그는 상대적으로 잘 치는 사람들을 A조, 초보자들을 B조로 나누어 코트를 따로 쓰자고 제안했다.

돌이켜보면 클럽 이름이 뭐였는지, 통성명을 했는지 기억나지 않는다. 다만 엇비슷하게 모인 사람들끼리 그날을 기점으로 보이지 않는 선으로 나뉜 장면이 기억에 남는다. 동호인끼리 급을 나눈 기분이라 썩 유쾌하진 않았지만 그만큼 동기부여도 됐다. 열심히 연습하여 언젠가 A조에서 치길 바랐다. 클럽 활동이 처음이라 이 모든 게 당연한 줄 알았다. "왜 굳이 실력으로 나눠야 하나요?" 물어볼 생각조차 하지 못했다.

실력은 코트에서 곧 권력이 된다. 실력의 차이

는 숨기거나 다른 걸로 채울 수 없다. 게다가 테니스는 신체 동작이 더 잘 드러나는 스포츠다. 잘 치는 사람은 서브 폼부터 다르다. 라켓을 휘두르는 궤적도 매끈하고 유려하다. 못 치는 사람은 동작이 툭툭 끊기거나 어설프다.

경쟁 구도의 게임에서 이기기 위한 전략 중 하나는 상대의 취약점을 노리는 것이다. 내가 취약점이 되는 상황에 놓이면 승패에서 불리한 걸 떠나 마음부터 불편해진다. 나로 인해 양 팀의 균형이 맞지 않는 냉정한 현실을 경험하기 때문이다. 클럽이나 게임 분위기가 초보자에게 친절한 상황이라면 그나마 다행이지만, 내가 속한 클럽은 그렇지 않았다.

클럽 분위기는 조금씩 굳어져갔다. 총무는 한때 자신이 거쳐온 클럽들이 대부분 초보 수준을 벗어나지 못했고, 그 결과 다들 게임에 흥미를 느끼지 못해 자연스럽게 와해되었다는 이야기를 들려줬다. 그는 어떻게든 모두의 실력을 끌어올려 게임의 질을 높이고 싶다고 덧붙였다. 문제는 클럽에 모인 회원마다 서로 기대하는 바, 목적, 승부욕이 조금씩 달랐다는 사실이다. 승패에 상관없이 즐겁게 치는 걸 중요하게 생각하는 사람이 있는가 하면 지는 걸 극도로 싫어하는 사람도 있었다.

"나이스 샷."

게임 중 누군가 분위기를 띄우고자 외쳤다. 그러나 총무가 이를 진지하게 받았다.

"집중!"

그는 게임이 아직 끝나지도 않았는데 "나이스 샷"을 외칠 시간에 차라리 다음 동작을 준비하며 집중하라고 했다. 분위기는 다시 냉랭해졌다. 그런 공기에서 나 같은 초보는 더 얼어버린다. 복식 경기에서 연달아 서브 폴트를 범했다. 저 멀리 총무의 눈길이 느껴졌고 공이 나한테 올 때마다 평소보다 긴장했다. 그리고 긴장은 실수를 반복하는 악순환을 초래했다.

압력이 너무 높으면 견디기 힘들다. 몸과 마음이 다칠 수 있다. 가입한 지 5개월 만에 클럽을 떠났다. 표면적인 이유는 '당분간 새 직장에 적응해야 하는데 일요일 밤늦게까지 테니스를 치는 게 부담되어서'였다. 실제로 직장을 옮기긴 했지만 핑계였다.

테니스는 정말 평등한 스포츠인가? 그때 나의 대답은 "아니요"였다.

"(일이) 너무 버겁지는 않나요?"

"가끔은 그래요."

"버거울 때는 어떻게 하죠?"

"보이지 않는 곳으로 사라져요."

"어디로요?"

"매일 수영을 해요. 대개 한두 시간씩 하죠. 어디를 가든 항상 수영장을 찾아요."

"수영장이 피난처인가요?"

"아니요, 수영장은 계급 차별이 없는 마지막 유토피아예요. 그냥 물에 뛰어들어 헤엄치면 돼요. 모두 옷을 벗었고 의지할 만한 것도 없죠. 어떤 나라를 이해하고 싶으면 그곳의 수영장에 가 보면 돼요."*

나에게 평등한 스포츠를 꼽자면 수영이다. 해외를 여행할 때마다 기회가 되면 현지 수영장에 들르곤 했다. 수영복에 수영모자, 수경만으로 물속을 유유히 헤엄치다 보면 인종, 성별, 현지인이나 외지인 구분 없이 모두가 동등하다는 느낌을 받았다.

물론 수영도 실력에 따른 구분이 있다. 10여 년

*   한노 라우테르베르크, 건축가 렘 콜하스와의 인터뷰
     '건축은 다름 아닌 예술이다' 중, 『나는 건축가다(Talking
     Architecture: Interviews with Architects)』, 2011.

전 동네 수영장에서 들은 어느 아저씨의 조언이 떠오른다. 아마도 대화의 발단은 허리가 유연하지 못해 힘으로 어렵사리 나아가려는 나의 접영 폼 때문이었던 듯싶다. 그는 내 폼을 언급하며 '노는 물'의 중요성을 언급했다.

"이렇게 작은 동네 수영장에는 제대로 본받을 정도로 폼 좋은 사람이 별로 없어요. 여기서 다른 사람들 폼 보면서 아무리 고치려고 해봤자 큰 진전은 없을 거예요. 50미터 레인인 KBS스포츠월드(구 88체육관)나 올림픽수영장에 가보세요. 거긴 체대생이나 선수 출신 등 좋은 자극을 줄 수 있는 사람이 수두룩해요."

백 퍼센트 동의하는 건 아니지만, 후자에는 고개를 끄덕였다. 그의 말은 미처 생각하지 못한 면을 열어줬다. 수족관이 크면 물고기도 다양한 법이니까. '존재구속성'이란 단어도 떠올랐다. 일본 가가와현 북서부 젠쓰지시에서는 네모난 수박을 판다. 그것도 2만 엔이 넘는 비싼 가격에. 내가 고등학생일 때 어느 선생님이 그 수박을 예로 들며 존재구속성을 설명했다. 네모난 틀에 수박을 재배하면 네모나게 익는 것처럼, 나를 둘러싼 세계가 내 존재를 구속 또는 규정할 수 있다는 개념으로 이해했다.

수영이든 테니스든 온전히 자유의지로 하는 행위가 '노는 물', 성장에 필요한 자극과 환경과 밀접한 관계라면 한 번쯤 그 틀이 어떤 모습인지 살펴볼 필요가 있겠다는 생각이 들었다. 내 의지와 상관없이 네모난 수박의 삶을 살 순 없지 않나.

현재 자신이 노는 물을 알려면 직접 참여한 경기의 수준을 보면 된다. 상대의 서브를 받아내는 것조차 어렵고 아무리 리턴을 잘해도 상대가 발리든 스매시든 잘 받아낼 정도로 도전적이라면 비록 압박은 있겠지만 몰입하고 성장하기에는 좋은 환경이다. 게임에 참가한 사람들 모두 두 번째 서브를 겨우 넣거나 랠리 없이 두세 번의 플레이 후 포인트가 끝날 정도로 지루한 경기라면 각자 연습을 하면서 서서히 수준을 높여야 한다. 총무의 말처럼 자칫 클럽 전체가 흥미를 잃을 수 있다. 서브, 발리, 몇 번의 스트로크 후 로브,* 스매시까지 이어질 정도로 다양한 공이 흥미진진하게 오가는 상황이라면 그들끼리 노는 물의 수준이 더 높다는 의미일 것이다.

언젠가 코치와 이런 말을 나눈 적이 있다.

---

*　lob. 상대가 네트 앞에 있을 때 상대가 대응하기 어렵도록 공을 높게 치는 것.

"현이는 발리가 제일 약해. 어떻게 보면 발리보다 스매시가 더 좋아."

"스매시는 막상 게임에서 시도할 기회가 많지 않았어요."

"그래? 지금 너랑 같이 치는 친구들 수준이 어떤지 정확히는 모르겠지만, 너보다 월등히 더 잘 치는 사람은 없다는 걸로 들리네."

"수준이 비슷하거나, 그래도 저보다 조금씩은 더 잘 치는 것 같아요."

"그 친구들도 아직까진 게임 요령이 없다는 얘기야. 다시 말해 공을 높이 띄워서 스매시로 쳐야 하는 상황처럼 다양한 공을 줄 수 있는 실력이 안 된다는 소리지."

내가 이상적으로 생각하는 테니스 클럽은 피어 프레셔(peer pressure)가 적절히 작동하면서 마음 편히 놀 수 있는 환경이다. 테니스 클럽에서의 피어 프레셔는 함께 플레이하는 동료 간의 경쟁을 뜻한다. 클럽에서 비슷한 레벨의 그룹으로 시작하더라도 사람마다 성장 곡선은 다를 수 있다. 동료가 성장한 만큼 나도 성실히 레슨과 게임 경험을 쌓아 대등한 수준을 꾸준히 유지할 수 있다면 서로에게 동기부여가 된다. 이 경쟁은 어디까지나 놀이를 같이 한다는 감각을 동반해야 한다. 그날 컨디션이 좋지 않아 퍼포먼스가 저조하거나 실수를 반복하더라도 당사자가 위축되지 않도록 독려하는 게 필요하다. '노는 물'이란 말은 그곳에서 놀고 있음을 전제로 하기 때문이다.

장충테니스장 클럽에서 활동하던 때, 나와 실력이 매우 비슷하던 남자를 기억한다. 초보자 그룹인 B조에서 만난 남자는 공이 아웃되더라도 풀스윙하는 걸 선호했다. 남자가 말했다.

"우린 아직 초보잖아요. 지금이 아니면 언제 이렇게 연습하겠어요. 실수해도 좋으니 더 자신 있게 라켓을 끝까지 스윙하시죠."

'실수해도 좋아.' 그 무렵 내가 코트에서 가장 듣고 싶었던 말이자 나에게 필요했던 말이다. 그의 태도는 그동안 포핸드 동작을 소극적으로 대하던 나에게 좋은 영향을 줬다. 우리는 시간이 흐를수록 조금씩 공을 다루는 기량이 향상됐고 어느 순간 랠리가 가능해졌다. 그것도 서로 베이스라인 근처에서 풀스윙을 하면서.

공은 라켓 면에 닿으며 코트를 왕복하는 동안 점점 빨라지면서 회전하기 시작했다. 실수해도 좋으니 자신 있게 친 공은 역설적으로 코트 안으로 무사히 들어왔다. 모호한 힘으로 친 공은 대부분 밖으로 나갔었다. 짧은 시간의 랠리였지만 우리는 잠시 연결되어 있었다. 몰입의 경험이 재미를 넘어 황홀에 이를 수 있다는 것도 처음 알았다. 그 시절 피어 프레셔 속에 집중적으로 친 경험은 이후 내 미미한 실력을 초급에서 중급으로 끌어올리는 계기가 됐다.

　　"달리기나 수영 같은 건 자기 혼자 못하거나 천천히 해도 괜찮아. 테니스는 상대가 없으면 못 쳐. 본인이 못 치면 상대가 잘 안 해주려고 들어. 우선 랠리가 돼야 하니까. 공 한 번씩 넘기고 끝나면 재미없잖아. 세 번, 다섯 번 넘기고 또 열 번씩 넘기고 그래야 흥도 나고 재미가 있지. 그럴 때 희열을 느낀단 말이야."

— 2023년 1월, 성수동 코치와의 대화 중

　　두 번째 클럽은 한남테니스장에서 경험했다. 장충테니스장을 떠나고 1년쯤 뒤 지인에게 연락이 왔다.

　　"오랜만에 테니스 치시죠. 한남테니스장 12번 코트에서 만나요."

　　지인은 코트 하나를 운 좋게 1년 단위로 대관했

다고 했다. 자연스럽게 클럽을 새로 만들어야 하는 상황이었다. 알음알음 각자의 지인을 초대해 열 명 정도를 모았다. 회원 중에는 장충테니스장에서 클럽 활동을 했던 사람도 있었고, 처음 알게 된 부부도 있었다.

코트가 한 면뿐이라 번갈아가며 남녀 혼합복식 경기를 진행했는데 실력이 제각각이라 게임이 원활하지 않은 건 당연했다. 그럼에도 분위기는 화기애애했다. 일부 회원은 장충테니스장 클럽에서의 경직된 분위기를 함께 경험했던 터라 이번에는 마음 편히 놀 수 있는 환경이 되길 바랐다.

한남테니스장에서 결성된 클럽은 3년이 지난 지금도 활동 중이다. 특징이 하나 있다면 초보 수준으로 모인 사람끼리 각자 레슨을 받고 꾸준히 게임을 하면서 클럽 수준도 함께 올라가는 선순환을 경험했다는 점이다. 물론 클럽의 게임 퀄리티를 높이는 데 2년 이상이 걸렸다. 짧은 기간은 아니지만, 심리적으로 안전한 분위기에서 구성원 모두가 노는 물을 유지한 채 더 나은 방향으로 성장하는 게 가능하다는 걸 증명한 사례다. 한남테니스장에서 알게 된 회원들과는 앞으로도 어느 코트에서든 계속 같이 놀고 싶다.

얼마 전에는 게임을 마치고 다른 동료에게 이렇게 말했다.

"우리 요즘 게임이 더 재밌어지지 않았나요? 전에 비하면 게임 퀄리티가 많이 올라간 거 같아요."

그날 코트 바깥에 있는 컨테이너 박스에서 옷을 갈아입다가 벽에 붙은 종이를 발견했다. 코팅까지 해서 붙여진 종이는 어느 클럽에서 정리한 테니스 예절에 관한 문서였다. 코트 입장 및 퇴장 예절, 일반적인 예절, 게임 중 볼 관리, 점수 및 콜 관리, 코트 및 부대시설 관리 등이 세세하게 적혀 있었다. 그중에서 제일 아래에 적힌 클럽 슬로건이 눈길을 끌었다.

'네가 없으면 나도 있을 수 없다.'

이게 어쩌면 모든 클럽의 존재 이유이자 첫 번째 원칙이지 않을까.

"여기 말고, 저-기에 서 계세요. 복식 코트 기준으로 가상의 X자를 그린 다음 그 가운데 점이요. 아까 그 자리에 있으면 발리하기에도 불리해요."

"라켓 면을 이렇게 세우세요. 그리고 오목렌즈를 그리듯이 앞으로 슥."

"공을 발로 차면 안 돼요. 손으로 던지지 마시고, 라켓으로 한 번 튕겨서 주세요."

코트에서의 행위들은 매뉴얼처럼 정해져 있는 게 많다. '코트에서는 원래 그런 거야'라는 말은 세월이 흐르면서 쌓인 경험과 시행착오의 집합일 것이다.

이 글을 쓰는 시점, 나는 새로운 클럽의 가입 심사를 앞두고 있다. 서울 종로구로 이사를 했고 동네의 실내 테니스장 코치를 통해 집과 그리 멀지 않은 곳에서 활동하는 S클럽을 소개 받았다. 코치가 알려준 총무의 번호로 곧바로 문자를 보냈다.

"안녕하세요. 윤 코치님을 통해 소개 받은 손현입니다. 이번 일요일 모임에 게스트로 참석 가능할까요?"

잠시 뒤에 답장이 왔다.

"안녕하세요. 저는 S클럽의 총무입니다. (…) 실례지만 몇 가지 먼저 여쭙겠습니다."

총무는 구력, 나이, 거주지부터 정중히 물었다. 예전 같으면 이런 과정 또한 압력 또는 진입 장벽으로 느꼈을 것이다. 이제는 나도 경험이 조금 쌓였다. NTRP 레벨*까지 언급하며 가급적 자세히 답했다.

---

*   테니스 실력을 나타내는 지표 중 하나로 미국테니스협회 평가 프로그램(National Tennis Rating Program)의 약어. 1.0(초보자)부터 7.0(프로)까지 나뉘어 있다.

"저희 클럽 회원들은 20대부터 60대까지 다양하나 남성 회원들은 50대가 좀 많아요. 종로구 금배부터 은배부 4강권 수준의 실력 있는 분들도 계시지만, 입문자 레벨의 회원들도 함께 운동하고 있고요. 대회도 늘 출전하지만 우리끼리 즐겁게 테니스 치는 분위기여서 괜찮습니다. 어디나 마찬가지지만 가입 후에도 열심히 참석하시는 분을 회원으로 모집하길 희망해요. 열심히 하시면 실력은 문제 되지 않을 거예요."

그는 S클럽 소개를 마친 다음, 일요일에 올 수 있도록 시간과 장소를 알려줬다.

한 달 정도 게스트로 참여하며 클럽의 분위기를 살폈다. 총무의 말은 사실이었다. 연령대도 실력도 다양한 회원들이 공존하는 만큼 클럽 분위기도 포용적이라는 인상을 받았다. 어떤 회원은 나에게 따로 원포인트 레슨을 해주기도 했다.

어느 클럽이든 잘 치면 환영받는다. 흔히 '구력'이라 불리는 실력은 시간, 돈, 노력이 축적된 결과다. 그런데 구력만큼 중요한 건 태도다. 노는 물이나 압력에 견디는 수준이 다르더라도 상대를 존중하는 마음, 열심히 하려는 의지와 태도, 좋아하는 마음이 있다면 그걸로 충분하다.

테니스란 스포츠의 본질은 '경쟁하는 게임'이다. 그러나 한 가지 또 배운 사실이 있다면, 코트를 떠나지 않는다면 모두가 함께 성장할 수 있다는 것이다. 테니스에서의 경쟁은 제로섬 게임이 아니다. 적정 수준의 경쟁은 성장을 촉진한다.

그래서 테니스는 정말 평등한가? 그 답은 단순하지 않다. 누구에게나 공통적으로 숙달하기 어려운 스포츠라는 점에서는 평등하다. 그리고 물론 테니스는 사회적 구별이 존재하는 스포츠다. 개인이 지닌 자본과 아비투스에 따라 노는 물도 달라진다. 하지만 누구든 성실한 태도로 꾸준한 노력한다면 성장할 수 있는 가능성을 제공한다.

예전에 나를 가르치던 코치는 이렇게도 말하기도 했다.

"테니스를 처음 배우려는 사람에게 늘 하는 말이 있어."

"뭔가요?"

"새로운 걸 배우는 상황이잖아. 무서워하지 말아야 돼. 그다음 꾸준히 할 수 있는 걸 찾아야 해. 마지막으로 자신 있게 하는 게 제일 중요해. 공 못 치는 거, 당연하지. 배우려고 왔는데 공을 너무 잘 치면 그것도 이상하잖아. 코치도 먹고살아야지."

"꾸준히가 참 어려운 것 같아요. 실력이 정체된다고 느끼기도 하니까요."

"테니스가 어려운 운동이긴 해. 처음에는 공 치기 쉬워 보인다고 깔보기도 하는데 막상 해보면 어렵거든. 막상 해보고 어려우니까 '이거 아닌데' 그러고 포기하는 애들 많아. 처음에 레슨 문의 전화 오면 이렇게 말해줘. 적어도 1년 이상은 쳐봐야 한다고. 1년 이상씩은 해야 조금 눈을 뜨는 거야."

최소 1년 이상의 집중 연습이 필요하다는 사실. 이것도 테니스를 평등하게 만드는 요인일 수 있겠다. 코치는 마지막으로 한마디 덧붙였다.

"열심히 하면 늘어."

스스로 포인트가 되는 법

한동안 열정, 끈기, 그릿(grit)을 종교처럼 받들며 따랐다. 그릿은 미국의 심리학자 앤젤라 더크워스가 개념화한 용어로 성장(Growth), 회복력(Resilience), 내재적 동기(Intrinsic Motivation), 끈기(Tenacity)의 앞 글자를 따서 만든 약어다. 성공과 성취를 끌어내는 데 결정적 역할을 하는 투지 또는 용기를 뜻하며, 재능보다는 노력의 힘을 강조한다.

2022년 WTA 코리아오픈 단식 결승전을 보고 나서는 흥분이 가라앉기 전에 인스타그램에 이런 글을 쓰기도 했다.

초반에는 옐레나 오스타펜코가 앞섰다. 에카테리나 알렉산드로바가 추격해 동점을 만들면, 다시 오스타펜코가 앞서는 식. 나는 이러다 오스타펜코가 우승할 거라 생각했다. 파워 게임에서 대체로 알렉산드로바가 밀리는 느낌을 받았기 때문이다.

오스타펜코가 게임 스코어 6-5로 앞서고 있을 때. 서브 차례는 알렉산드로바로 넘어왔다. 어느덧 듀스. 여기서 알렉산드로바가 무조건 포인트를 따야 타이브레이크까지 갈 수 있는 상황이었다.

해가 잠시 구름에 가린 순간을 기억하고 싶다. 뜨거운 공기가 차분해지면서 시야가 잠시 선명해졌다. 모두가 숨죽인 가운데 알렉산드로바가 서브를 넣었고, 그 공이 그대로 어드밴티지 포인트를 기록했다. 어쩌면 이때가 중요한 전환점이 아니었을까. 거짓말같이 다시 해가 쨍하게 코트를 비췄지만 이미 분위기는 바뀐 뒤였다.

이날 경기는 결국 알렉산드로바가 이겼다. 6-6 타이브레이크까지 간 접전 끝에 알렉산드로바는 첫 세트를 어렵게 따냈고, 6-0으로 2세트까지 연이어 이기며 승부를 확정했다(오스타펜코의 발목 부상도 영향을 미쳤을 것이다.) 공식 기록은 2-0. 1세트가 끝날 때까지 걸린 시간은 1시간 1분, 2세트는 24분 만에 끝났다. 알렉산드로바가 퍼스트 서브를 넣은 후 득점한 비율은 무려 75퍼센트였다.

이날 세계 정상급 선수들의 플레이는 내게 한 문장을 입체적으로 전했다. 포기하지 않으면 승리한다. 쉽게 포기하지 말자.

이날 서울 송파의 올림픽공원 테니스 경기장에서 찍은 사진과 영상을 볼 때마다 투지가 샘솟았다. '그래, 포기하지 않으면 승리한다. 쉽게 포기하지 말자!'

현실은 달랐다. 포기하지 않는다고 무조건 승리하는 건 아니었다. 그즈음 동호인끼리 게임을 할 때 비장한 각오로 임했음에도 불구하고 경기에서 여러 번 졌다. 내 코트의 베이스라인 근처로 예리하게 떨어지는 공, 허를 찌르는 다운 더 라인을 받아내기에는 내 반응이 조금씩 느렸다. 라켓을 힘껏 뻗어보아도 공은 희한하게 그보다 한 뼘씩 떨어진 거리에 있었다. 도무지 공을 쳐낼 수가 없었다.

잔발로 더 움직였으면 결과가 달랐을까. 동체시력의 문제일까. 포인트를 잃는 원인이 무엇이든, 마흔을 넘긴 내 몸이 노화하고 있다는 사실은 확실했다.

열정과 끈기만으로 해결되지 않는 상황이 답답했다. 실력이 보이지 않는 벽에 부딪힌 느낌이었다. 쉽게 포기하고 싶진 않았다. 정체된 상태로 머무르고 싶지도 않았다.

특정 가치를 맹신하면 부작용이 따른다. 그 가치에 충실하지 않은 사람을 부정적으로 바라보게 된다. 그 대상이 나 자신일지라도. 아무도 뭐라 하지 않았는데 경기 중에 스스로 열정과 끈기가 부족해졌다고 탓하거나, 이런 현실을 회피하는 목소리로 속이 시끄러웠다. 설마 이게 한계인가. 아니면 일단 포기하지 않고 버티는 게 최선일까?

잠깐, 나는 선수가 아니다. 코트에 있는 순간을 즐겨도 되는데 왜 이기는 데만 몰두할까. 그릿에 대한 집착은 어디서 비롯한 걸까. "절대 포기하지 말라"고, "여기서 그만두면 나약하고 지는 것"이라며 미디어나 자기계발서에서 반복적으로 주입한 대로 세뇌된 건 아닐까.

지난여름, 줄리아 켈러의 『퀴팅(Quitting)』이란 책을 우연히 접하면서 포기하거나 그만두는 행위에 대한 생각을 바꿀 수 있었다. 책의 부제는 '더 나은 인생을 위한 그만두기의 기술'이다. 저자는 부제처럼 더 이상 그만두는 걸 죄악시하지 말고 그 자체를 새로운 시작 또는 더 나은 인생을 위한 선택으로 보자고 제안한다. 그는 자전적 경험과 더불어 신경과학자, 진화생물학자, 심리학자, 프로 운동선수 등 150여 명의 이야기를 통해 '그만두기'에 대한 잘못된 인식이 어떻게 개인과 사회의 가능성을 제한하는지 파헤쳤다.

생산적이며 기쁨으로 가득 찬 삶을 사는
비결은, 널리 알려진 끈기와 의지가 아니라
영리함과 민첩함, 유연성에 있다. 미래로
과감하게 뛰어들기 전에 지금의 짐을 덜어내는
그만두기라는 행동에 있다.*

『퀴팅』에 따르면, 그만두기가 죄악시되는 배경
에는 19세기 중반에 등장한 새뮤얼 스마일스의 『자
조론』이 있다. 자기계발서의 고전으로 불리는 그의
책은 '부와 행복은 제도나 국가가 아니라 오로지 개
인의 노력과 끈기에서 나온다'고 주장하면서, 도중
에 포기하거나 그만두는 행위가 곧 실패로 여겨지도
록 했다. 그리고 성공의 비결을 다루면서 뜻밖의 행
운이나 집안의 재력 같은 요소는 철저히 배제했다.
이는 '삶은 스스로 일구는 것이라는 강한 믿음'을
주입하며 영웅적 개인주의를 강조하는 미국식 문화
이자 아메리칸 드림의 원천이 됐다.

켈러는 그만두기가 생존 본능이라고 전한다.
안타깝게도 지난 1998년부터 2018년까지 미국의 대
학교에서 훈련 도중에 사망한 운동선수가 최소 서른

* 줄리아 켈러, 『퀴팅』, 박지선 옮김, 다산책방, 2024, 38쪽.

네 명이라고 한다. 이들은 어지러움, 극심한 두통, 메스꺼움, 근육 경련 등 그만두라는 몸의 신호를 무시한 채 끈기 있게 버티려다가 목숨을 잃었다.

그러나 프로 스포츠 분야는 유독 그만두는 행위에 대해 민감하다. 관중이나 팬이 단순히 실망감을 표출하는 걸 넘어 야유를 보내기도 하고, 미디어에서 송곳 같은 기사를 써서 당사자를 비난하기도 한다. 프로 선수 한 명이 멈추면 그 여파는 개인 하나를 가뿐히 뛰어넘는 것이어서, 그동안 선수의 역량을 키우기 위해 보조하던 팀 단위의 스태프와 코치, 가까운 가족, 후원하던 기업, 스포츠 산업 전반까지 영향을 받는다. 그러니 선수 입장에서 그만둔다는 선택을 하기란 쉽지 않다.

그런데 지난 몇 년 사이, 심리적 부담을 이유로 주요 대회 출전을 포기하거나 도중에 기권하는 엘리트 선수들이 늘었다. 2021년 5월, 일본 국적의 테니스 선수이자 당시 전 세계 여자 스포츠 선수 수입 랭킹 1위였던 오사카 나오미가 프랑스오픈 2차전을 앞두고 기권을 선언했다. 다음은 그가 인스타그램에 올린 글의 일부다.

사실 저는 2018년 US오픈 이후 오랜 기간 우울증에 시달렸고 이를 극복하는 데 정말 힘든 시간을 보냈어요. (…) 저는 타고난 대중 연설가가 아닙니다. 전 세계 언론과 이야기하기 전에 엄청난 불안을 느껴요. 늘 긴장을 많이 하고 제가 할 수 있는 최선의 대답을 하려고 노력하면서 스트레스를 받습니다. (…) 기권 소식을 미리 발표한 이유는 (기자회견에 관한) 대회 규정이 일부 시대에 뒤처진 것 같다는 점을 강조하고 싶었기 때문이에요.

같은 해 7월, 미국의 기계체조 선수 시몬 바일 스도 "무작정 세상이 기대하는 걸 해내려 하기보다 몸과 마음을 보호하겠다"며 2021년 도쿄 올림픽에 출전하지 않았다. 이 두 선수의 결정은 스포츠 산업 의 복잡한 이슈와 맞물려 그만두는 것에 대한 지지 와 반대 여론을 동시에 불러일으켰다. 가치 판단을 떠나 인상 깊었던 점은 열정, 끈기, 그릿의 아이콘이 자 영원히 포기하지 않을 것 같은 스포츠 스타조차 도 포기를 선언할 수 있다는 사실 그 자체였다.

그만두기는 일상 곳곳에 존재한다. 돌이켜보면 나 역시 그만둔 경험이 적지 않다. 프롤로그에서 적었듯 나는 열두 살 때 이미 어머니에게 말했다. "이럴 거면 테니스 그만할래요." 그때는 죽을 만큼 힘들어 한계에 부딪히거나 과도한 기대에 부담을 느낀 것도 아니었다. 단순히 공을 줍는 게 싫었고 날이 추웠다. 달리기와 수영, 테니스를 제외하고는 대부분의 스포츠도 조금씩만 탐색하다가 그만뒀다. 다니던 회사를 그만두거나 대학원에서 공부하기를 멈추기도 했다. 그렇게 좋아하던 테니스도 아이가 태어난 직후에는 잠시 쉬어가야 했다.

그만둔다는 건 스스로의 한계를 안다는 것이다. 그리고 그 한계에 솔직하다는 것이다. 무리하게 한계를 넘는 순간, 신체적으로든 정신적으로든 무너진다.

그럼에도 그만두기를 가로막는 장벽이 있다.

'여기까지 왔는데 그만둬도 괜찮을까?'

'지금까지 쓴 돈과 시간이 얼만데?'

'주변 사람들이 나를 어떻게 볼까?'

주로 두려움, 매몰비용의 오류, 수치심과 연결되어 있다. 주변의 기대가 크면 클수록 그만두는 결정을 내리기 어렵다. 타인의 시선을 의식하고 기대에 부응해 인정받으려는 욕망이 잠시 멈추고 싶은 내면의 목소리와 팽팽히 맞서기도 한다.

그 팽팽한 긴장감을 테니스로 표현한 영화가 있다. 루카 구아다니노 감독의 〈챌린저스〉다. 이 영화는 테니스를 소재로 기대하는 자와 기대에 부응해야 하는 자의 관계를 다루고 있다.

주요 인물은 세 명이다. 테니스 천재로 불리던 타시(젠데이아)는 부상으로 선수 생활을 그만두고 남편 아트(마이크 파이스트)의 코치를 맡고 있다. 아트는 타시의 사랑과 인정을 갈구하지만 반복되는 패배로 인해 현역 은퇴를 고민하고 있다. 오로지 테니스에(서 이기는 데)만 관심 있는 타시는 슬럼프에 빠진 남편을 챌린저급 대회에 참가시키는데, 거기서 남편의 오랜 친구이자 자신의 옛 연인 패트릭(조시 오코너)을 다시 만난다. 아트와 패트릭의 경기를 타시가 관중석에서 바라보는 동안, 셋의 과거와 현재는 네트 위를 오가는 공처럼 빠르게 교차편집된다.

10대 시절 전성기의 타시는 자신에게 구애하는 둘에게 "테니스는 관계"라고 말한다. 그 말은 영화 전반에 걸쳐 성적 은유를 가득 넣어 스타일리시하게 펼쳐진다. 그런데 이걸 곱씹어보면 경기에 임하는 선수와 관중의 관계, 선수와 코치의 관계 또는 당사자 내면에서 팽팽히 맞서는 두 자아의 관계로 바라볼 수 있다.

티머시 갤웨이는 자신의 책『테니스 이너 게임』을 통해 '게임을 이겨야 한다', '공을 잘 쳐야 한다'고 압박하는 명령자이자 나의 외적 의식을 자아1, 그걸 실행하는 신체이자 내적 무의식을 자아2로 가리키며, 우리 모두에게는 자아1과 자아2가 있다고 적었다. 〈챌린저스〉는 자아1과 자아2의 관계를 끊임없이 변주하며 긴장을 높여간다.

개인적으로는 아트가 펼치는 이너 게임이 측은했다. 부상으로 더 이상 선수 생활이 어려워진 타시에게 자신의 코치가 되어달라고 한 건 아트였다. 아트는 타시와 결혼해 둘 사이에 딸도 있다. 곁에 있는 타시에게 "사랑한다"고 말하지만 돌아오는 대답은 건조하다. "나도 알아."

타시가 아트에게 바라고 기대하는 건 승리다. 코트에 서 있는 아트에게 테니스는 더 이상 기쁨을 주지 못하는 걸로 보인다. 그럼 아트는 테니스를 왜 그만두지 못하는 걸까. 실은 이 모든 게 관중석에 앉아 있는 타시의 기대를 충족하고 인정받기 위한 관계 속에 작동하는 거라면?

엔딩 크레디트는 US오픈 뉴로셀 투어의 결승전이 끝날 무렵 올라간다. 오랜만에 결승에서 맞붙은 아트와 패트릭은 매치포인트를 지나 타이브레이크까지 간다. 긴장이 최고조에 달할 때 영화는 끝난다(물론 마지막 장면을 보고 동호인으로서 결국 누가 이긴 건지, 공이 라켓에 닿는 순간 둘 다 네트를 건드린 건 아닌지 등 미끼를 물고 싶지만… 그리 중요치 않을 것이다.) 감독이 남긴 단서가 하나 있다면 러닝타임 내내 무표정으로 일관하던 아트가 슬쩍 미소를 내비쳤다는 점. 그는 타시의 기대에 부응하길 그만둠으로써 자유로워졌다.

테니스를 소재로 한 넷플릭스 다큐 〈브레이크 포인트〉 시즌2의 두 번째 에피소드에도 비슷한 장면이 나온다. 직전 대회 우승자인 노박 조코비치와의 경기를 앞두고 긴장한 홀게르 루네에게 아네케 루네는 말한다.

"노박은 뭘 잘하지? 노박은 포인트를 따려고 하지 않아. 라파(라파엘 나달)도 그렇지. 노박은 자기 자신이 포인트야. 포인트를 따려고 경기하는 선수가 있고 자기 자신이 포인트인 선수가 있어. 라파와 노박이 몰입하듯이 말이야(In flow.)"

아네케는 홀게르의 어머니이자 매니저다. 스스로 포인트가 되라는 조언은 효과가 있었다. 당시 ATP 싱글 랭킹 8위였던 루네는 2023년 5월 로마에서 열린 이탈리아오픈 8강에서 노박 조코비치를 상대로 2세트를 먼저 따내며 이겼다.

　기대란 식물에게 주는 물과 같다. 적당한 수준의 기대는 생장을 촉진하지만, 과하면 생명을 앗아갈 정도로 독하다. 기대를 충족하기란 어려운 일이다. 기대는 늘 현실보다 더 높은 방향으로 조정된다. 테니스 같은 스포츠뿐 아니라 주식시장, 회사, 가정에서도 비슷한 상황은 반복된다. 타인의 기대, 세속적 욕망이나 야망을 의식하지 않은 채 온전히 현재에 집중하며 즐거움을 얻기란 얼마나 어려운가.

　어떤 아이들은 최고가 되고, 승자가 되는
　것만이 그들이 추구하는 사랑과 존경을 받을
　자격을 부여한다고 믿었다. 많은 부모가
　아이들에게 이러한 믿음을 주입한다. (…)
　이러한 믿음이 초래하는 비극은 이들이
　갈망하는 성공을 이루지 못하는 것이 아니라,
　성공으로 쟁취할 수 있다고 믿어온 사랑과
　자존감을 얻지 못할 수 있다는 사실이다.*

*　티머시 갤웨이, 『테니스 이너 게임』, 김기범 옮김, 소우주,
　2023, 196쪽.

여전히 열정, 끈기, 그릿과 같은 단어에 깃든 강인한 이미지를 좋아한다. 인생의 어느 구간이든, 성장하려면 꼭 필요한 덕목이다. 그러나 테니스를 치면서, 그보다 유연하고 부드러운 가치들도 공존할 수 있다는 걸 알게 됐다. 이제는 나 자신에게 무조건 포기하지 말라거나, 힘내라고만 외치진 않는다. 대신 이렇게 다독인다. '그만두고 싶을 때면 그만둬도 되고, 실패하거나 져도 괜찮다'라고 말이다. 그래야 다시 시작할 수 있다.

뭔가를 그만두든, 스스로를 밀어붙여 한계를 확장하며 끝까지 버티든, 선택은 스스로 해야 한다. 충분히 고민하고 내린 선택에는 나만의 이유와 원칙이 있어야 한다. 선택과 실행에 따른 책임도 내 몫이기 때문이다. 잘못된 선택이란 없다. 그 선택이 맞는 방향이 되게끔 애쓰며 살 뿐이다.

인생에서 때때로 그 방향이 맞는지 점검하려면 주기적으로 그만두면서 새로 고치는 시간도 필요하다. 그 길이 아니다 싶으면 그만두고 새로운 길을 찾아도 된다.

참, 나는 테니스를 아직 포기하거나 그만두지 않았다. 활활 불타오르다가 차갑게 식는 열정도 좋지만, 그 열정이 없어도 스스로에게 관대해지기로 했다. 대신 클럽 활동을 간헐적으로 쉬면서 레슨을 다시 등록했다. 3개월의 기간을 잡고 취약한 발리를 집중적으로 보강하는 중이다.

처음에는 발리만 고치면 되는 줄 알았다. 코치가 의외로 강조하는 건 발리 직전의 스플릿 스텝이다. 지면에서 두 발을 가볍게 점프한 후 착지와 동시에 바로 공으로 달려가는 기술로, 테니스의 여러 동작을 가능하게 하는 기본기 중 하나다.

스플릿 스텝은 어떤 선택을 앞두고 잠시 멈추는 순간과 닮았다. 승부에 대한 집착이나 포기, 실력을 빠르게 키워야 한다는 기대를 잠시 내려놓고 일단 점프. 스플릿 스텝은 과거의 실수를 잊고 가볍게 자주 시작할 수 있는 기회이기도 하다. 관성이 줄어들면 몸놀림도 빨라진다. 그렇게 새로고침을 하는 과정에서 테니스뿐 아니라 삶에서도, 그만둘지 버틸지 결정하며 스스로 포인트가 되는 법을 배워가고 있다.

잃어버린 허리를 찾아서

테니스를 치다 보면 다치기 쉬운 특정 부위가 있다. 아마추어 동호인이든 프로 선수든 가장 자주 다치는 부위는 발목과 무릎이다. 갑작스럽게 달리거나, 멈추거나, 달렸다가 멈춘 다음 방향을 바꿔 다시 달릴 일이 많기 때문이다. 게임 중인 선수들을 보면 라켓을 휘두르지 않아도 발은 좀처럼 쉬는 법이 없다. 그러니 잘 미끄러지지 않는 하드 코트에서 발목과 무릎을 다칠 위험이 가장 높다.

상체라고 해서 부상에서 안전한 건 아니다. 라켓 스윙을 빠르게 반복하다 보면 팔꿈치, 어깨, 손목에 무리가 간다. 서브를 넣거나 그라운드 스트로크를 칠 때 무리해서 회전하다 보면 허리를 다칠 수도 있다.

부상 종류에 따라 염좌(삠), 좌상(눌림), 찰과상(긁힘), 골절(부러짐), 열상(찢어짐), 탈구(뼈 빠짐) 등으로 분류된다. 나도 이렇게까지 자세히 알고 싶진 않았다. 허리를 다치기 전까지 말이다.

복식 게임 중이었다. 같은 팀 파트너가 서브할 차례. 나는 코트 오른편, 서비스 라인과 네트 가운데에 서 있었다. 두 발은 어깨너비로 벌리고 무릎은 약간 구부리고, 라켓은 세운 상태로 공을 기다렸다. 첫 서브가 서비스 라인을 벗어났다. 폴트. 파트너가 두 번째 서브를 넣을 차례. 느슨하게 쥔 라켓을 두어 번 돌리며 긴장을 풀었다. 상체를 아래로 숙였다가 펴는 순간, 허리가 찌릿했다. 헉. 살면서 처음 느껴본 통증이었다.

파트너의 두 번째 서브는 제대로 들어갔다. 반대편에서 상대가 그라운드 스트로크로 리턴. 공이 대각선으로 오가고 있는데 "잠시만요! 허리가 너무 아파서요"라고 말을 해도 되는지 판단이 잘 서지 않았다.

상대가 보낸 공이 내 쪽으로 포물선을 그리며 왔다. 발리로 받을 수 있을 것 같았다. 마음으로는 이미 잔발로 뛰어가고 있는데, 몸은 뜻대로 움직이지 않았다. 공이 도착할 걸로 예상되는 지점까지 걸어갔다. 내가 플레이 중에 걷다니? 공이 그리 빠르지 않은 덕분에 라켓으로 톡 넘겨서 포인트 획득.

그제야 코트에 있는 사람들에게 말했다.

"잠시만요. 방금 허리를 삐끗한 것 같아요. 서 있기가 힘들어요."

불행 중 다행으로 클럽에는 인턴 수련 중인 의사가 있었다. 그가 내 허리를 짚으며 물었다.

"이쪽은 어때요? 다리에도 통증이 있나요?"

"다리는 괜찮아요."

"그럼 허리 디스크는 아니고 근육 통증일 거예요. 잠시 벤치에 앉아서 쉬세요."

벤치에 앉아도 찌릿한 통증은 계속됐다. 내가 떠난 코트에는 다른 사람이 들어와 게임을 다시 시작했다. 허리를 이리저리 만져보고 주물러도 봤지만 아픔이 가시지 않았다.

다른 회원이 찾아왔다.

"많이 아파요?"

"엄청 아픈 건 아닌데 욱신거리네요. 이런 적이 처음이라."

"스프레이 파스 좀 뿌려드릴까요?"

"네, 고마워요."

그는 스프레이 파스를 가져와 내 통증 부위를 향해 분사했다. '테니스 좀 친다는 사람들은 이런 걸 상비약처럼 들고 다니는구나.' 앞으로 그를 스프레이 맨으로 기억해야겠다.

치이익, 치이익.

오랜만에 맡아보는 코를 톡 쏘는 냄새다. 마르셀 푸르스트는 우연히 홍차에 적신 마들렌을 한 입 베어 물면서 과거의 기억에 빠져드는 중년 남성 이야기로 20세기 명작 중 하나인, 그리고 민음사 버전으로는 열세 권이나 되는 『잃어버린 시간을 찾아서』

를 썼다. 그러나 허리를 다친 테니스 동호인은 파스
향에 취할 여유가 없다.

파스 향과 연결된 기억이 하나 있긴 하다. 5년
전 사내 체육 대회에서 남성 대표로 림보 게임에 출
전했다. 점점 바의 높이가 낮아졌다. 상대 팀 여성
대표는 수월히 통과했지만 나는 자신이 없었다. 배
에 힘을 준 채로 최대한 자세를 낮춰 슬금슬금 걸었
다. 몸의 절반이 바를 지날 무렵 허리에 통증이 느껴
졌고 그대로 뒤로 넘어졌다. 아이고 허리야.

한동안 회사와 병원을 오가며 파스 향을 맡아
야 했다. 그 향을 맡으면서 '사내 체육 대회에서 다
치면 산재일까 아닐까'를 궁금해했다(당시 회사 법
무팀에서는 체육 대회 참석을 강제한 건 아니므로 업무상
재해(산업재해)로 보기 어렵다는 의견을 줬다. 대신 단체
상해보험에 가입되어 있던 터라 치료 비용은 보험으로 처
리했다.)

스프레이 맨이 물었다.

"어쩌다 다쳤어요?"

다시 정신이 든다. 그러게 왜 다쳤을까. 뛰다가
넘어진 것도 아니다. 격한 동작을 하지도 않았다. 가
만히 서 있는 상태에서 상체를 구부렸다 폈을 뿐이
다. 설마 준비 운동을 하지 않아서?

"글쎄요. 오자마자 바로 게임에 들어가서 그랬나 봐요. 몸을 제대로 안 풀었거든요."

"무조건 몸부터 풀어줘야 해요. 안 그러면 다쳐요."

몇 가지 상황이 있었다. 모임 며칠 전, 한 달 정도 게스트로 참여해온 S클럽의 가입 심사를 통과했다는 연락을 받았다. 이날은 게스트가 아닌 정식 회원으로 처음 참여한 날. 코트에 도착하니 먼저 온 회원끼리 공을 주고받고 있었다. 그중 한 명이 인사를 건넸다.

"잘 오셨어요. 마침 한 자리 비는데, 바로 복식 게임 하시죠!"

"네, 좋습니다!"

그의 말에 얼떨결에 '예스'라고 답한 게 화근이었다. 결과적으로 잘못된 판단이었다. 신입 회원으로서 잘해야 한다는 생각에 최소한의 스트레칭도 하지 않은 내 잘못이다.

스프레이 맨이 말을 이었다.

"다음부터는 게임에 바로 들어오라고 해도 거절하세요. 스트레칭하지 않으면 다쳐요. 저도 허리랑 무릎을 다친 적이 있거든요. 코트 도착하면 2, 30분 정도는 여유 있게, 몸을 충분히 풀어주세요."

스트레칭 가이로 별명을 정정해야겠다. 그의 말을 더 일찍 들었더라면 좋았을 텐데.

병원을 찾았다. 종로5가역 근처에는 토요일 오전에도 진료를 하는 정형외과가 몇 군데 있었다. 코트는 창경궁 근처. 자전거를 타고 남쪽 방향으로 내려갔다.

정형외과 도착. 수납 직원이 찜질방에서 입을 법한 바지를 건넸다. 옷을 갈아입고 진료실로 들어가니 체구가 다부진 의사가 앉아 있었다. 흰 가운을 입고 있지 않았다면 헬스장에서 근무하는 트레이너라고 본인을 소개해도 믿을 것 같았다.

"어디가 어떻게 아프신가요?"

피티 샘, 아니 의사 선생님도 왠지 테니스를 칠 것 같다는 근거 없는 생각이 들었다.

"선생님도 혹시 테니스 치시나요?"

의사의 질문에 나도 모르게 질문으로 답했고, 그는 고개를 끄덕였다(역시, 그럼 대화가 더 잘 통하겠군.)

"실은 발리 준비 자세로 서 있다가 (후략)."

허리가 어떻게 아프게 된 건지 구구절절 설명했다. 그는 왼쪽이 아픈지, 오른쪽이 아픈지 물은 뒤 엑스레이를 찍어보자고 권했다. 잠시 후 사진을 본

의사가 책상 위에 놓인 척추 모형을 들어 보이면서 설명했다.

"지금 여기랑 여기가 틀어져 있어요. 상체 근육, 그중 복근이 상대적으로 하체 근육보다 약해서 텐션이 안 맞는데 중간에서 허리를 지탱하는 근육과 인대가 다친 상태예요."

나중에 실손보험 청구를 위해 진료비 계산서와 내역서를 받아보니 이렇게 적혀 있었다. '요추의 염좌 및 긴장.'

"혹시 제가 스트레칭을 안 해서 다친 건가요?"

"스트레칭은 당연히 하셨어야죠. 그런데 전부터 하체 대비 상체 근육의 균형이 안 맞아서 언제든 통증으로 나타났을 거예요. 코어 근육이 특히 부족해요. 근력 운동을 꼭 하세요. 이 상태로 가면 언제든 재발할 수 있고 통증이 계속될 거예요. 오늘은 가급적 서 계시지 말고 누우세요."

"선생님, 또 하나 질문이 있는데요. 의자에 앉아 (글 쓰는) 일도 해야 하는데 그건 괜찮을까요?"

의사는 단호하게 말했다.

"그동안 너무 오래 앉아 있어서 아픈 거예요."

단순히 테니스 때문에 다친 게 아니라는 말인가. 점점 미궁으로 빠져드는 느낌이었다. 병원 방문 첫째 날은 척추 주위로 주사를 몇 대 맞고 물리치료를 받았다. 다음 진료일을 예약하며 수납 직원에게 물었다.

"제가 자전거를 타고 왔는데요. 집까지 다시 타고 가도 될까요?"

"흠… 오늘은 걸어가시는 걸 추천드려요."

의사와 담당 직원에게 죄송하지만 실은 그날 자전거를 타고 귀가했다(그래도 여기까지 타고 왔는데 어떻게 두고 갑니까.) 병원에서 집까지 가는 길은 너무 멀었고, 페달을 밟으며 이동하면 덜 움직이니까 괜찮을 거라고 생각했다. 2종 소형(모터사이클) 면허 기능시험에서 불합격하고 시험장에서 다시 본인 바이크를 타고 유유히 돌아갔다는 어느 중국집 배달부의 일화가 떠올랐다.

그다음 주에도 병원에 들렀다. 주사를 또 맞아야 했다. 펑퍼짐한 바지를 입고 찜질방 대신 차가운 침상에 엎드려 누워 주사를 맞는 경험은 살면서 피하고 싶을 정도로 별로였다. 눈에 보이지 않으니 치료가 어떻게 진행 중인지 알 수 없어 불안했고, 무엇보다 약이 바늘을 통해 들어갈 때마다 아팠다.

"아픕니다. 따끔↗."

"이번 주사는 신경 쪽이라 발까지 저릴 거예

요. 아픕니다. 따끔↗."

의사는 '따끔'이란 단어를 말할 때마다 말끝을 올렸다. 그만큼 내 기분은 내려갔다. 덜 아프려면 온몸의 힘을 빼야 했지만 따끔함이 느껴질 때마다 한껏 긴장한 몸에는 불필요한 힘이 계속 들어갔다. 의사가 다시 주의를 줬다.

"힘 빼세요. 호흡 너무 빠르게 하지 마시고, 숨을 천천히 내쉬세요. 다리 축 늘어뜨리시고요."

세 번째 방문 때는 주사를 맞는 대신 도수 치료를 하면 안 되는지 물었다. 의사는 여전히 단호했다.

"이건 틀어진 근육 구조를 바로 잡고 신경이랑 인대, 힘줄을 회복시키는 주사예요. 앞으로도 테니스 치시려면 주사 맞는 게 좋아요. 이번에 충분히 회복하지 않으면 또 다치거든요."

협상은 통하지 않았다. 자포자기한 심정으로 물었다.

"그럼 오늘은 몇 대 맞나요?"

"여섯 대 정도요."

그 후로는 몇 대 맞는지 묻지도 않았다. 차라리 모르는 게 나았다.

허리를 다치기 전에 잡아놓은 테니스 모임이 두 개 있었는데 그중 하나는 취소했다. 마침 다른 한

명도 무릎을 다쳤다고 했다. 우리는 서로의 건강과 안녕을 진심으로 바라며 다음을 기약했다.

다른 모임 하나는 취소하지 않았다. 내가 코트를 예약했는데 그곳에서 다른 친구들이 게임을 즐기려면 일단 예약자가 가야 했다. 솔직히 말하면 코트에서 탁 트인 풍경을 보며 바람이라도 쐬고 싶었다. 친구들이 치는 모습을 구경하는 것만으로도 충분하지 않을까. 그사이 몸 상태가 나아졌을지도 모르니 라켓을 챙기긴 했다. 더 솔직히 말하자면 라켓 스윙이라도 해보고 싶었다(혹시라도 담당 의사가 이 책을 읽으실지 모르겠지만 이 부분을 우연히 발견하셨다면 심심한 사과를 드립니다.)

테니스를 치지 못해 쌓인 스트레스는 코트 위 인조잔디를 밟는 순간 말끔히 사라졌다. 따사로운 가을 햇볕이 코트에 골고루 닿았고, 그 위로 바람이 잔잔하게 불었다. 이렇게 좋은 날씨에 구경만 해야 하다니. 어디 한번 살살 쳐볼까?

몸이 온전히 나은 건 아니지만 무리하지 않는 선에서 훌라후프 운동하듯 허리를 돌려봤다. 두 손을 쭉 펴서 머리 위로 올려 왼쪽, 오른쪽으로 기울이며 스트레칭을 했다.

가볍게 랠리도 몇 번 해봤다. 포핸드 스트로크,

백핸드 스트로크까지는 괜찮은데 본격적으로 코트에서 뛰어다니거나 스트로크를 강하게 하기에는 아직 일렀다.

그날은 짧은 게임만 한 번 뛰고 코트에서 나왔다. 20분 남짓 쳤을 뿐인데 어느새 땀이 살짝 났다. 이참에 근력 운동하면서 잘 회복하여 오래도록 테니스를 가늘고 길게 쳐야겠다고 다짐했다.

스포츠의 세계에는 육체적 부상도 있지만 정신적 부상도 있다. 서비스한 공이 잘 맞지 않는 날이었다. 내 서비스 게임에서 더블 폴트를 세 번이나 연달아 하니 스코어는 어느새 러브 포티(0-40)가 됐다. 보통은 두 번째 서브라도 들어갔는데 공이 계속 엇나갔다. 여기서 한 번 더 실수하면 서비스 게임을 그대로 내주게 된다. 긴장과 부담이 겹치면 토스부터 꼬이고, 그 후로는 모든 게 엉망이 된다. 파트너가 농담 반 진담 반으로 말했다.

"현 님 괜찮아요? 지금 입스 온 거 아니죠?"

"입스? 그게 뭐죠?"

입스(yips). 선수들이 심리적 압박으로 인해 평소 잘 수행하던 동작을 갑자기 하지 못하게 되는 현상을 말한다. 입스는 운동 선수에게만 찾아오는 건 아니다. 피아니스트, 속기사, 작가 등 특정 근육을 반복적으로 쓰는 사람들에게도 발생한다고 한다. 이렇게 보면 정신과 육체가 얼마나 긴밀히 연결되어 있는지 알 수 있다. 물론 내 경우, 주변 기대나 부담보다는 연습 부족이 직접적인 원인이라 입스라고 보긴 애매하지만.

프로 선수가 입스를 경험하면 문제는 더 심각해진다. 넷플릭스 다큐멘터리 〈말하지 못한 이야기: 브레이킹 포인트(Untold: Breaking Point)〉는 미국 테니스 선수 마디 피시의 이야기를 토대로 입스를 겪은 개인의 불안장애를 파고든다.

피시는 어린 시절부터 미국의 테니스 선수 앤디 로딕에 가려 이인자로 불렸다. 친한 친구이자 승부욕이 남달랐던 로딕에게 번번이 지며 한 번도 이기지 못했다.

피시는 로딕이 승승장구하는 동안 13.5킬로그램을 감량하며 각고의 노력을 한 끝에 2011년 로딕을 꺾고 미국 랭킹 1위에 올랐다. 그해 8월에는 남자 단식으로 세계 7위까지 오르며 정점을 찍는다. 당시 피시의 나이는 29세.

그리고 대망의 2012년 US오픈 경기. 그는 커리어에서 가장 중요한 경기를 앞두고 있었다. 상대는 당시 세계 랭킹 1위 로저 페더러. 그 순간을 위해 평생에 걸쳐 육체와 정신, 감정을 훈련해왔는지도 모른다. 경기가 열리는 날은 미국 노동절이자 테니스 강사 출신인 아버지의 생일. 그러나 경기는 열리지 않았다. 피시가 돌연 기권을 선언했다.

무엇이 문제였을까. 피시의 불안을 단순히 승부에 대한 부담으로 일축하고 싶지는 않다. 피시는 어릴 적부터 혹독하게 훈련 받았던 때를 회상하며, 교육용 비디오에서 반복적으로 나온 말을 기억하고 있었다.

"강인한 정신력을 얻기란 쉬운 일이 아닙니다. 하지만 이 테이프에 나온 단계를 따른다면 좋은 결과를 얻을 겁니다. 첫째, 백 퍼센트 투지(fighting effort)에 달렸습니다. 그 말은 징징대거나 불평하거나 도망가면 안 된다는 뜻이죠."

역설적으로 피시는 이와 정반대로 행하면서 서서히 불안과 우울을 수용하며 입스를 극복할 수 있었다고 고백했다.

"의사, 아내, 가족, 친구들에게 내 기분에 대해 얘기하니까 기분이 나아졌어요. 아이러니하게도 약점과 두려움을 표현하고 사람들을 받아들이는 게 정말로… 제 회복에 큰 도움이 됐어요."

불안장애가 얼른 사라졌으면 좋겠다고 하는 피

시에게 의사는 이렇게 말했다. '이런 말 미안한데, 이건 마디 인생의 일부'라고 말이다. 그는 여전히 하루하루가 싸움이지만 매일 이긴다고 말하며 다큐멘터리를 끝낸다.

이 다큐멘터리와 더불어 피시가 2015년 〈더 플레이어스 트리뷴〉*에 쓴 '중압감(the Weight)'이라는 제목의 글도 읽어보기를 권한다. 피시는 스포츠에서 금기시되어온 정신건강 문제를 용기 있게 밝힌 인물로 꼽히며 여러 동료 선수들의 격려와 지지를 받고 있다.

저는 여전히 매일 불안을 극복하고 있어요.
여전히 매일 약을 복용하고 제 마음을 살펴요.
잠들 때면 혼자서 이런저런 생각을 하는
날도 있죠. 아, 오늘은 그런 생각을 한 번도
안 했네요. 이건 정말 좋은 하루를 보냈다는
뜻이에요. 그게 제게는 승리입니다.
하지만 정신건강을 위해 이겨야 할 경기는

* 미국의 야구 선수 데릭 지터가 설립한 미디어로 선수가 팬과 직접 소통할 수 있는 플랫폼이다. 운동 선수의 시선으로 일인칭 이야기를 들려주는 것이 특징이다.

없어요. 8강, 준결승, 결승도 없죠. 이 글을
스포츠에 관한 비유로 끝내진 않겠습니다.

스포츠는 결과로 끝나기 때문이죠. 그리고
인생은 계속 흘러가요.

제 인생이 이제 막 시작되었으면 좋겠습니다.

통원 치료 한 달째. 허리 통증이 많이 사라졌고
의사도 더 이상 주사를 놓지 않는다. 의사가 물었다.

"요즘은 좀 어떠세요?"

"허리는 이제 많이 나아졌어요."

"더 이상 약물 치료 같은 건 안 해도 될 것 같
아요. 이제 플랭크 운동부터 바로 시작하세요. 코어
근력 강화하시고요."

평소 좋지 못한 자세와 테니스에 대한 안일한
태도로 몸이 서서히 망가졌고, 그 벌을 달게 받았다.
비록 마디 피시처럼 심각한 불안장애나 슬럼프를 겪
은 건 아니지만, 중요한 세 가지를 배웠다.

첫째, 스트레칭은 아무리 강조해도 지나치지 않
는다. 클럽에 도착하자마자 바로 코트로 들어가지 말
것. 이런 걸 겸손이라고 해야 할까. 코트에서는 겸손
해야 한다. 준비 안 된 몸으로 함부로 코트에 들어가
지 말 것.

둘째, 평소 척추 건강을 신경 쓰기. 의식적으로 허리를 세워 앉고, 너무 오래 앉아 있기보다는 주기적으로 일어서서 자세를 바꿔줄 것.

셋째, 그럼에도 나처럼 허리 통증을 경험했다면, 그 통증이 참기 어려울 정도로 심하다면 바로 응급 조치를 하거나 병원으로 가시길. 급성 염좌라면 병원에 혼자 가는 대신 주변 사람의 도움을 받거나 119를 불러 가는 걸 추천한다. 계속 움직이는 과정에서 상태가 악화될 수 있기 때문이다. 부디 나와 같은 실수를 하는 독자들이 없길 바란다.

S클럽의 다른 회원은 웃으며 말했다.

"원래 동호인은 엘보, 허리, 무릎, 산전수전 다 겪어봐야 해요."

테니스를 6, 70살까지 치려면 그만큼 근력 강화를 해야겠다. 안 그러면 자칫 스트레스 풀려고 모임에 나갔다가 스트레스를 잔뜩 받을 수 있다.

한편으로는 더 나이 들기 전에, 경미한 수준으로 다쳐서 다행이라는 생각도 든다. 회복하는 동안 테니스와 영영 멀어질까 봐 불안하고 두려웠지만 이제는 스포츠와 인생을 조금 분리해서 접근하게 됐다. 마디 피시의 말처럼 인생은 계속 흘러간다. 그럼에도 좋아하는 스포츠를 오래 즐기려면 몸을 아끼고 돌보는 자세가 필요하다. 좋아하는 마음은 진짜 근육에서 나온다. 그 근육을 소중히 다루려면 스트레칭이 필수다.

페더러와 나달의 눈물

로저 페더러와 라파엘 나달을 처음 만난 곳은 루프트한자 LH719 편이다. 오해 마시길. 그들이 내 옆좌석에 앉았다든지 같은 비행기를 탔다는 소리는 아니다(페더러는 은퇴 전까지 상업용 개인 제트기를 타고 다녔다.)

2019년 7월 15일. 나는 첫 해외 출장의 부담을 안고 뮌헨으로 향하고 있었다. 촉박한 일정 속에 어느 자동차 브랜드에 관한 잡지를 만들어야 했고, 도착 다음 날부터 독일인 임원 인터뷰가 소시지처럼 이어져 있었다. 가방에는 회사에서 론칭을 앞둔 단행본 시리즈의 원고 더미도 있었다. 호흡이 짧은 잡지와 긴 단행본 마감에 동시에 투입된 것이다.

이렇게 적고 보니 기내에서 페라리나 람보르기니 정도는 박살 나는 액션 영화를 보며 머리를 비우거나, 차라리 자면서 체력을 아껴야 했다. 무심히 기내 엔터테인먼트 화면을 터치하다가 테니스에 관한 다큐멘터리를 발견했다. 제목은 〈스트로크스 오브 지니어스(Strokes of Genius)〉. 그때까지만 해도 다큐멘터리에서 조명한 2008년 윔블던 남자 단식 결승이 테니스 역사에서 왜 최고의 명승부로 평가받는지, 페더러와 나달이 서로에게 어떤 존재인지 전혀 몰랐다.

실내 조명이 점점 어두워졌다. 저녁까지 배불리 먹은 승객들은 하나둘씩 잠을 청했다. 기내는 엔진 특유의 소음으로 가득 차 있어 다른 소리가 들어갈 틈이 없었다. 한편으론 윔블던의 센터 코트처럼 적막했다. 헤드셋을 썼다.

내 앞에 있는 18인치 화면에서는 두 천재가 스트로크를 주고받고 있었다. 둘 다 머리에 흰색 머리띠를 둘렀다는 사실을 빼곤 모든 게 달랐다. 왼손잡이 나달은 흰색 민소매를 입고 이두박근을 그대로 드러내며 포인트를 딸 때마다 포효했고, 나이키에서 특별히 만든 고풍스러운 흰색 카디건을 입고 등장한 페더러는 상대의 공을 치는 동안 공중에서 0.5초 정도는 더 오래 떠 있는 듯 보였다. 그의 표정은 슬로 모션으로 봐도 별다른 변화가 없었다. 미국 작곡가 제러미 터너가 작업한 피아노와 바이올린 선율이 영상에 깔리면서 스페인 투우사와 테니스 황제 사이의 긴장을 은은하게 고조시켰다.

도무지 편안하게 볼 수 없는 경기였다. 절반까지 보다 화면을 끄고 잠을 청했다. 몰입과 긴장이 출장을 방해할 것 같았다. 나머지 절반은 귀국행 비행기에서 봤다. 이유를 설명하긴 어렵지만, 현지에서 취재한 것보다 이 다큐멘터리를 보면서 요동친 감정에 관해, 그날의 승부에 관해 글을 쓰고 싶었다. 하지만 코앞에 놓인 마감에 치여 곧 잊고 말았다.

3년 뒤인 2022년 9월 21일. 코난북스 이정규 대표에게 메일이 왔다. 그사이 나는 『아무튼, 테니스』의 출간 계약을 맺어놓고도 일이 바쁘다는 핑계로 프롤로그만 겨우 쓴 상태였다.

"시간이 훌쩍 지났네요. 급한 일들은 잘 마치셨는지 궁금합니다. 그간 로저 페더러가 은퇴했다는 뉴스를 보면서 어떤 소회가 있을지 궁금했습니다."

차분히 소회를 풀기엔 내 삶이 여전히 번잡했다. 육아휴직 중이었다. 18개월 아이와 단둘이 부산으로 한 달 살이를 떠나기 며칠 전이었고, (공교롭게도) 또 다른 단행본의 편집을 마무리하는 중이었다. 페더러가 은퇴했다는 소식도 그의 메일을 받고 알았다. 페더러가 은퇴했다고?

그동안 로저 페더러를 풍문으로 접했다. 그가 나이키를 떠나 유니클로와 스폰서십 계약을 맺으며 10년간 총 3억 달러를 받는다는 내용을 보도한 〈파이낸셜타임스〉 기사, 그의 얼굴이 크게 나온 〈타임〉 표지, 데이비드 포스터 월리스가 쓴, 사악하게 길고 그 누구도 흉내내기 어려울 정도로 독보적인 에세이 등이 떠오른다.

기사나 인터뷰, 에세이, 숏폼 영상 속 그는 완벽 그 자체였다. 그러나 코트를 벗어나 라켓을 내려놓는 순간 재미없을 것 같은 모범생 이미지였다. 이 책의 목차를 처음 짤 때 오히려 '코트 위의 악동'으로 불리는 닉 키리오스 같은 인물을 다뤄야 하는 게 아닐까 고민하기도 했다. 페더러는 어느새 나의 최애 선수가 되었지만, 글로 쓰기에는 빈틈이 없어 보였다.

페더러를 재발견하게 된 건 그가 은퇴하기까지의 여정을 담은 다큐멘터리 〈페더러: 마지막 12일〉덕분이다. 다큐멘터리는 그가 은퇴 계획을 담은 편지를 읽는 장면부터 시작한다. 편지 내용은 2022년 9월 15일, 페더러의 소셜미디어를 통해 전 세계로 알려졌다(코난북스의 메일을 받기 며칠 전이다.) 공식 은퇴 경기인 2022년 레이버컵에서 그는 나달과 한 팀을 이뤄 복식 경기를 치른다.

영상을 보는 내내 마음이 무거웠다. 직접 아는 사이도 아닌데 지인의 장례식에 참석한 기분이랄까. 이탈리아 작곡가 다리오 마리아넬리의 음악도 이런 정서에 한몫했으리라. 페더러는 다큐멘터리 후반부까지 자신의 감정을 조절하며 말한다.

"아직까진 괜찮아(So far, I've been solid.)"

그는 이미 알고 있었다. 견고한 상태가 오래가지 않아 툭 터질 거란 사실을.

레이버컵의 마지막 세트는 10점을 먼저 따내는 타이브레이크로 진행된다. 다큐멘터리는 음악 없이 페더러의 플레이를 담담히 보여준다. 매치 타이브레이크에서 그의 스윙이 끝나자 나도 모르게 눈물이 줄줄 흘렀다. 코트에서 24년을 보낸 당사자의 감정은 어떠할까. 경기가 끝난 뒤 그의 복식 파트너 나달도 눈물을 숨기지 못했다.

나달의 눈물을 이해하려면 앞서 말한 2008년 윔블던 남자 단식 결승전 이야기를 마저 해야 한다. 무엇이 그날 경기를, 두 사람 사이를 특별하게 만들었을까. 4시간 48분에 달하는 경기 시간,* 역전에 역전을 거듭한 드라마틱한 전개, 세 번의 우천 지연과 중단, 결정적 순간마다 관중의 환호를 이끌어낸 패싱샷** 때문만은 아닐 것이다.

---

*   날씨로 지연된 시간까지 합치면 7시간에 달한다. 경기 시작 전 내린 비로 35분 늦게 시작했고, 3세트 중 내린 비로 80분간 경기가 중단되었으며, 5세트 2-2 상황에서 또 한 번 30분가량 우천 중단이 있었다.

**   passing shot. 네트 가까이에서 상대 선수의 손이 안 닿게 빠져나가는 샷.

그 무렵 나달의 등장은 돌풍 같았다. 지중해에 있는 스페인 마요르카 섬에서 온 스물두 살 청년은 전통에 맞서는 젊음을 상징했다. 결승 한 달 전, 나달은 이미 2008년 프랑스오픈 결승에서 페더러를 6-1, 6-3, 6-0으로 물리친 바 있다. 반면 잔디 코트에서는 페더러에게 번번이 졌다. 페더러는 2006년, 2007년 윔블던 결승에서 나달을 이기며 윔블던 5연속 우승 기록을 세웠다. 2008년 윔블던 결승은 나달에게는 윔블던을 향한 세 번째 도전이었고, 페더러는 6연속 우승 기록을 세울 수 있을지 신중히 헤아리고 있었다.

　　경기 초반에는 나달이 우위를 점하며 두 세트를 먼저 땄다. 페더러는 이어지는 두 세트를 타이브레이크로 이겼다. 방송을 중계했던 해설위원 중 하나인 데이비드 로는 당시 상황을 이렇게 전했다.

　　"윔블던에서 한 번도 못 이겨본 상대를 세트 스코어 2-0으로 앞서다가 그 상대가 반격을 시작했고, 그 많은 윔블던 타이틀을 어떻게 획득했는지 몸소 보여주고 있어요. 나달이 도대체 이 상황에서 어떻게 침착할 수 있는지, 전 이해할 수 없어요."

　　가장 많이 회자되는 장면을 감히 묘사해보자면 이렇다. 4세트 타이브레이크에서 나달이 5-2로 앞선 상황. 2점만 더 따면 드디어 자신의 승리를 확정할 수 있다. 여기서 나달이 실수를 한다. 두 번째 서브가 네트를 맞고 센터 서비스 라인을 벗어나며 더블 폴트. 그의 백핸드까지 네트에 걸리면서 연달아 2점을 내준다. 5-4. 페더러가 빠르게 추격한다. 페더러는 자신의 서브 차례에서 또 2점을 따면서 역전한다. 나달의 점수는 5, 페더러의 점수는 6이다.

나달이 서브를 넣는다. 긴 랠리 끝에 페더러가 포핸드 실수를 하면서 6-6 동점을 만든다. 페더러와 나달이 각각 포핸드와 서브 리턴 실책을 범하며 7-7 동점.

여기서 대회 최고의 샷이 나온다. 랠리 끝에 애드 코트* 끝으로 떨어지는 공을 나달이 끝까지 쫓아가 왼손 포핸드로 발사했고, 환상적인 다운 더 라인 패싱샷을 완성했다.

8-7. 나달의 챔피언십 포인트다. 센터 코트의 관중들이 숨죽인 가운데, 공이 양쪽 코트를 현란하게 오간다. 또 다른 최고의 샷이 방금 전의 플레이를 거울로 비추듯, 반대편 코트에서 나온다. 나달이 네트로 달려가지만, 이번에는 페더러가 다운 더 라인

---

*   중앙 기준으로 왼쪽에 있는 코트.

패싱샷을 치며 포인트를 얻는다. 그것도 그의 트레이드 마크인 원핸드 백핸드로(이 부분은 꼭 영상으로 봐야 한다!)

다시 8-8 동점. 〈BBC〉의 해설자 앤드류 캐슬은 "이번 대회 최고의 패싱샷 두 개가 의심할 여지 없이 이 두 포인트에서 나왔다"라고 말하기도 했다. 이후 2점을 페더러가 연달아 따면서 승부는 극적으로 5세트로 이어진다.

그때만 해도 윔블던 전통에 따라 마지막 세트는 타이브레이크가 없었다. 나달은 결국 9-7로 스위스인을 꺾고 처음으로 잔디 코트에서 우승했다. 경기 직후 진행된 인터뷰에서 〈BBC〉 해설위원 수바커가 승리자에게 건넨 질문은 가까이 서 있는 패배자가 듣기엔 가혹했다.

"페더러를 윔블던 센터 코트에서, 아마도 역대 최고의 명승부를 통해 물리쳐 더 특별한가요?"

다행히 갓 우승한 스페인인의 대답은 재치 있으면서 사려 깊었다.

"페더러는 지난 5년간 이곳에서 우승했어요. 저는 근소한 차이지만 이미 두 번 패했고요. 그는 여전히 세계 1위이자 5회 우승자입니다. 제겐 이제 첫 우승이고요. 그것만으로도 매우 특별합니다."

페더러는 훗날 자신의 이야기를 담은 『로저 페더러: 가장 위대한 테니스 선수의 여정』에서 테니스 저널리스트 크리스토퍼 클레리에게 "처음에 나는 라이벌을 원하지 않았어요"라고 털어놓았다. 그러나 이날을 기점으로 페더러와 나달의 라이벌 구도가 구체적인 형상을 갖추기 시작했다.

미국의 전설적인 테니스 선수 크리스 에버트는 라이벌 관계의 특징 중 하나로 '뚜렷한 대조(contrast)'를 언급한다. 서로 다른 둘의 대결이 당대의 흥미와 관심을 이끌기 때문이다. 에버트 본인이 이를 증명한다. 그는 1970년대 후반부터 자신과 대조되는 스타일의 플레이를 펼치는 체코의 마르티나 나브라틸로바와 경쟁 관계를 펼치며 총 열여덟 번 그랜드슬램(윔블던, 롤랑가로스, US오픈, 호주오픈) 여자 단식을 우승했다.

페더러와 나달의 스타일이 어떻게 다른지 알 수 있는 재밌는 일화가 하나 있다. 2006년 인디언 웰스 마스터스에서 둘과 연달아 맞붙었던 미국 선수 제임스 블레이크의 말이다.

"라커룸에서의 행동이 아주 달라 너무 재미있었어요. 둘 다 좋은 사람이지만, 경기 전에 라파엘은 커다란 보스 헤드폰을 끼고 라커룸을 왔다 갔다 하면서 전력 질주를 하고 손가락을 두드렸어요. 그는 우리에 갇힌 짐승 같았죠. 다음 날 로저와 경기했는데, 우리는 스위스에 있는 그의 집에 관해 이야기했어요. 그리고 그가 얼마 전에 땅을 샀다며 미르카(로저 페더러의 배우자)와의 향후 계획을 이야기했어요. 솔직히 아주 조용한 커피숍에 앉아서 이야기를 나누는 것 같았어요."

블레이크는 준결승에서 나달을 이긴 뒤, 결승에서 페더러에게 졌다. 페더러와 블레이크의 경기 결과는 7-5, 6-3, 6-0이었다. 블레이크는 경기 전에는 페더러가 라커룸에서 언젠가 아름다운 스위스 시골을 꼭 구경하라고 말하고서 코트로 나가서는 자신을 혼쭐냈다고 덧붙였다. 나달이 라커룸에서 이미 (전사로) 변했다면 페더러는 코트에서 변했을 뿐.

물론 페더러와 나달은 비슷한 점도 많다. 현역 시절의 둘은 키(185센티미터)와 몸무게(85킬로그램)가 같았다. 둘은 어릴 적부터 축구에도 소질을 보여 하마터면 축구 선수가 될 뻔하기도 했다. 축구 대신 테니스를 택한 이유로 '자신의 성취와 실패 모두 본인이 온전히 감당할 수 있기 때문'이라고 언급했다. 둘은 인품도 훌륭하다. 특히 나달은 경기가 풀리지 않는다고 해서 라켓을 부순 적이 단 한 번도 없다.

둘은 정식 경기가 열리지 않는 곳에서도 서로를 응원했다. 2016년 10월, 페더러는 나달이 자신의 고향 마요르카 섬 북동쪽 마나코르에 설립한 나달 아카데미 개원식 초청에 응했다. 2020년 2월, 팬데믹으로 전 세계가 봉쇄되기 2주 전에는 나달이 로저 페더러 재단의 초청에 응해 남아프리카공화국 케이프타운을 찾았다. 그는 페더러뿐 아니라 빌 게이츠, 트레버 노아와 함께 5만여 명의 관중에 둘러싸인 자선 경기에 참가했다.

스포츠 스타는 현대의 영웅이다. 그들의 이야기는 영웅의 여정(Hero's Journey)*을 따른다. 많은 영화나 드라마에서 차용하듯, 어느 날 자신이 속한 세계에서 벗어나(또는 쫓겨나) 모험을 시작하고 고뇌와 수련과 깨달음을 거쳐 경지에 이르고 세계를 구원한 다음 일상으로 돌아오는 식이다. 되풀이되는 역경을 극복하는 동안 평범한 인간은 신화적 존재로 거듭난다.

페더러에게 나달은 그 여정에서 피할 수 없는

---

* 미국 종교학자이자 비교신화학자 조지프 캠벨은 세계 각국의 신화와 이야기를 비교·분석하며 영웅 신화에는 출발-입문-귀환의 보편적인 서사 구조가 있다고 발표했다.

'적군'이었다. 2008년 윔블던 센터 코트에서 나달에게 패한 그 순간이 '고된 시련'이었을 것이다. 그는 2017년 호주오픈 결승전이 열리는 하드 코트에서 나달을 다시 만나 접전 끝에 승리하며 화려하게 '부활'했다.

그 여정은 나달을 기준으로 바라봐도 비슷하다. 나달에게 고된 시련은 거꾸로 2017년 호주에서의 패배일 수 있겠다. 배트맨과 조커, 오비완 케노비와 다스베이더, 톰과 제리처럼 둘은 대체 불가능한 맞수이자 코트에서 서로의 영웅 서사를 완성하는 존재였다.

세기의 라이벌을 먼저 경험한 크리스 에버트의 말은 페더러와 나달의 관계를 설명하는 단서가 된다. 크리스는 "마르티나가 없었다면 내가 더 이겼겠지만 테니스 선수로서 그렇게 훌륭하지는 못했을 것"이었다고 말하며 "테니스는 서로를 더 높은 곳으로 밀어붙인다"고 덧붙였다. 에버트는 커리어 초반에 라이벌인 나브라틸로바를 미워하도록 훈련 받았다. 그러나 자신이 네트 너머의 상대를 좋아해야 마음이 더 편안해지고, 그래야 최상의 경기력을 이끌어낼 수 있음을 깨달았다.

"(윔블던 결승전이 열리는) 일요일에 라커룸에

남은 사람은 상대와 나, 둘뿐이라는 걸 알게 된 순간을 기억해요. 그 사람이 테니스 선수가 아닌 인간이라는 걸 알게 됐어요."

에버트의 말을 페더러는 일찍이 알고 있었던 것 같다. 윔블던 잔디 위에서의 쓰라린 패배를 씻고 오랜만에 나달을 꺾은 페더러는 우승 소감을 말하는 자리에서 나달에게 감사와 위로를 표했다. 9년 전 나달이 페더러에게 영광을 돌린 것처럼.

"테니스는 너무 가혹해서 무승부가 없죠. 그래도 가능하다면 나달과 오늘 이 승리를 나눠 갖고 싶어요. (…) 저는 이런 경기들을 통해 많은 걸 배웠고 인생의 성장까지 느낄 수 있었어요. 우리는 서로를 점점 더 존경하게 됐습니다. 그 순간은 우리에게 사적이면서도 강렬하니까요."

2024년 11월, 라파엘 나달도 데이비스컵을 끝으로 공식적으로 선수 활동에서 물러났다. 페더러의 은퇴가 아직도 믿기지 않는데 나달까지 떠나니 한 시대를 풍미했던 두 거인의 퇴장이 진짜구나 싶다. 사전에서 풍미(風靡)를 찾아보니 '바람에 초목이 쓰러진다'를 뜻한다고 한다.

그동안 둘이 쓰러뜨린 건 무엇일까? 같은 시대에 이들을 코트에서 마주치는 바람에 필패할 수밖에 없었던 여러 재능 있는 선수들만은 아니었을 것이다. 이들은 테니스는 그저 가혹한 경쟁 스포츠이고, 승자만 기록되고 기억할 것이라는 오만한 편견까지 날려버렸다. 지난 20여 년간의 라이벌은 깊은 우정을 의미했다.

나달의 절친한 친구이자 2년 먼저 은퇴한 페더러는 나달에게 다정하고 친절한 메시지를 잊지 않았다. 아래는 페더러가 공개한, 나달에게 보낸 편지의 일부다.

테니스 선수로서 졸업을 앞둔 시점에서, 내가 더 감정적이 되기 전에 몇 가지를 말하고 싶어.

분명한 것부터 시작하자. 넌 나를 아주 많이 이겼어. 내가 널 이긴 것보다 말이야. 네가 아니면 그 누구도 할 수 없었던 수많은 도전을 내게 안겼었지. 특히 클레이 코트에서는 항상 네 뒤를 쫓는 것 같았어. 너는 내가 내 자리를 지키기 위해, 내가 생각한 것보다 훨씬 더 열심히 뛸 수밖에 없게 했어. 네 덕에 나는 게임을 온전히 다시 준비하기도 했어. 심지어 내 라켓의 헤드사이즈를 바꿔서라도.

난 미신 같은 걸 별로 믿지 않지만, 넌

그것조차도 높은 수준으로 만들었지. 네가 경기 중에 해온 모든 의식들(rituals) 말이야. 음료수가 담긴 병을 장난감 병정처럼 정렬하고 (서브 때마다) 머리를 만지고 바지를 고쳐 입고…. 그 모든 걸 고도로 집중하며 했지. 이제야 말하지만, 네 그런 행동들까지 좋아했어. 그건 매우 유니크하고, 그 자체로 너였거든.

세 장이나 되는 편지는 이렇게 맺는다.

라파, (…) 그리고 이걸 알아줬으면 해. 네 오랜 친구가 항상 널 응원하고 있고, 앞으로 네가 하는 모든 일에 똑같이 큰 목소리로 응원할 거란 사실을.

운동 선수는 두 번 죽는다. 직업 수명이 짧으니 생물학적인 죽음에 앞서 선수로서 은퇴하면서 그걸 먼저 경험하기 때문이다. 하지만 탁월하고도 아름다운 이 두 거인이 남긴 이야기와 우정은 팬의 마음에서 평생을 살 것이다. 페더러와 나달은 각자의 가정과 일상으로 귀환하면서 영웅의 여정을 멋지게 마무리했다.

여기까지가 페더러 그리고 나달의 은퇴에 대한 나의 두서없는 소회다.

그동안 다양한 코트를 경험해왔다. 나는 맞은 편 상대에게 어떤 존재였는지 생각해본다. 팽팽하게 맞서며 의욕을 불태우게 한 경쟁자였을까, 아니면 시시해서 흥미를 끌어내지 못한 상대였을까. 코트 위의 라이벌이 특별한 우정이 될 수 있다는 깨달음. 그걸 새로운 동네로 이사하여 친구가 절실히 필요했던, 열두 살의 나에게 알려주고 싶다. 그랬다면 테니스를 조금 더 진득하게 배우며 용기를 내지 않았을까.

페더러와 나달의 우정이 내게 보내는 메시지는 분명하다. 경쟁 속에서도 코트 맞은편 상대에게 성실하고 친절할 것. 힘껏 경쟁한 뒤 승자와 패자로 나뉘겠지만, 뭐 어떤가. 다음 승부를 기약하며 계속 플레이하다 보면 인생에서 둘도 없는 친구가 될지도 모르겠다. 아직 늦지 않았다. 내 남은 테니스 인생에서 바람이 있다면, 나를 더 나은 사람으로 이끄는 라이벌을 만나는 일이다.

Q. 둘이 처음 만난 때를 기억하나요?
"(…) 그 시절이 그립진 않지만, 서로를

위해 함께 테니스를 치던 그 시절의 그들이
그립습니다."

— 로저 페더러,

2024년 5월 19일 공개된 루이비통 인터뷰 중

에필로그 | 그거 그렇게 재밌어요?

실은 이 책의 저자가 되는 상상을 한 적이 있다. 2018년 또는 2019년의 어느 화창한 날, 목동 아파트 단지의 클레이 코트에서 레슨을 마치고 집으로 가던 중이었다. 기억이 맞다면 그즈음 '아무튼 시리즈'란 이름으로 묶인 책에 매겨진 숫자가 20을 넘기면서 세 출판사(위고, 제철소, 코난북스)의 공동 기획이 함께 주목받았던 것 같다.

내게 한 권을 쓰는 기회가 주어진다면 무얼 쓰면 좋을지 생각해봤었다. 의식의 흐름대로 적어보자면… 『아무튼, 테니스』? 아냐, 그러기엔 쓸 말이 딱히 없는걸. 테니스를 다시 배우기 시작한 지도 얼마 안 됐고. 『아무튼, 목동』은 어떨까? 20년 넘게 살았으니 뭐라도 쓸 수 있지 않을까? 학원가, 테니스 코트, 파리공원, (보행자와 차량 동선을 분리하여) 쾌적하게 산책할 수 있는 환경, 처음 온 사람이라면 속수무책으로 헤맬 수밖에 없는 일방통행 도로….* 음, 목동도 어렵겠다!

상상은 그 자체로 즐거웠지만 특정 주제로 책

---

* 도시계획을 세울 무렵 정부는 목동중심축도로를 조성하려 했지만 땅이 강남에 비해 협소하여 결국 4-5차선, 많게는 6차선을 통으로 일방통행 도로로 만들었다.

한 권을 쓸 만한 깜냥이 되지 않는다는 걸 깨닫는 데
는 오래 걸리지 않았다.

몇 년 뒤 메일을 한 통 받았다. 코난북스 이정
규 대표가 보낸 출간 제안 메일이었다. 그사이 아무
튼 시리즈의 종수는 꾸준히 늘어 50권을 넘겼다.

아무튼 시리즈는 '생각만 해도 좋은 한
가지'를 담은 취향, 애호에 대한 에세이입니다.
(…) 지금 당장 들끓어 열광하는 것보단 오래
뭉근한 온도로 지속해온 것에 대한 이야기라서
좋았습니다. 또 테니스 이야기 위에 육아,
일, 자세, 반복 같은 여러 레이어를 포개도
어색하지 않은 이야기들이라 참 좋았습니다.
(…) 메일이 길었습니다. 좋아하는 테니스에
대한 책을 쓴다는 것이 선생님에게 작은
기쁨이 되면 좋겠다는 상상을 해봅니다.
어떠신지요. 신중하게 검토해보시고 알려주시면
감사하겠습니다.

그는 시리즈에 대한 단정한 소개와 더불어 자
신도 당시 두 돌 좀 지난 아들 쌍둥이와 살고 있다고
전해왔다. 나도 두 돌이 막 지난 딸과 동고동락하던

시절이라 반가운 마음이 배가됐다. 무엇보다 막연히 꿈꿔온 일이 현실이 될 수 있다는 가능성에 기쁘고 감사했다.

반가운 마음도 잠시. '(테니스 선수나 저널리스트 도 아닌) 내가 이걸 쓸 수 있을까'란 의심이 다시금 나를 괴롭혔다. 글을 쓰는 동안 종종 길을 잃었고, 테 니스를 치면서 자신감도 잃었다. 콘텐츠 다루는 일을 하다 보니 주변에는 워낙 글 잘 쓰는 사람이 많다. 코 트에도 나보다 테니스를 잘 치는 사람 천지다.

상상을 현실로 옮기는 데는 시간과 용기가 필 요했다. 예전에 테니스를 치면서 떠오른 생각을 짧 게 적은 메모들을 들춰보고, 글이 풀리지 않는 날에 는 코트로 나갔다. 레슨을 받거나 게임을 하고 나면 영감이 샘솟을 줄 알았다. 영감 대신 아드레날린이 나왔다. 개운한 기분은 해방감으로 이어졌다. 부작 용이 있다면 이내 몸이 노곤해져 맑은 정신으로 글 을 쓰기 힘들다는 점. 몸을 제대로 풀지 않고 애매하 게 게임을 뛰다가 부상 입은 날에는 참다못한 아내 가 말했다. "마감이 코앞이라면서 테니스만 계속 치 다가 다치면 어떡해?" 여러모로 나를 할 말 없게 만 든, 곤란하고도 정확한 지적이라 생각한다.

가끔 아내의 배려로 저녁 늦게까지 작업실에

있는 날에는 목표한 글을 마치지 못해도 일단 의자에 앉아 있었다. 글은 엉덩이로 쓰는 거라니까 앉아 있다 보면 뭐라도 떠오르지 않을까 싶었다. 매일 밤 10시부터 FM4U 라디오에서는 김이나 작사가가 진행하는 〈별이 빛나는 밤에〉가 나왔다. 문득 그의 인스타그램에서 바로 며칠 전 올라온 천장 사진을 발견했다. 스프링클러, 화재감지기, 스피커로 보이는 것들이 나란히 있는 사진에는 글도 한 줄 적혀 있었다.

"진짜 뭐 안 써지는 날의 뷰."

아, 정상급 작사가조차 가사가 써지지 않는 날이 있구나. 그래, 내가 뭐라고. 그의 천장 사진 덕분에 좀 더 용기 내어 한 단락이라도 더 나아갈 수 있었다.

책에 담지 못한 내용도 많다. 현대 테니스는 2024년을 기점으로 세대 교체가 활발히 진행 중이다. 남성 선수의 경우 이미 스페인의 카를로스 알카라스와 이탈리아의 얀니크 신네르가 주요 대회 트로피를 휩쓸고 있다. 여성 선수 중에는 벨라루스의 아리나 사바렌카, 폴란드의 이가 시비옹테크, 미국의 코코 고프 등이 활약 중이다. 세계적인 선수들의 플레이를 생생히 담기에는 내 역량이 부족했다. 그나마 은퇴한 로저 페더러와 라파엘 나달에 관해 겨우

한 꼭지 썼을 뿐이다. 주변의 테니스 애호가들은 윔블던, 롤랑가로스, 호주오픈 또는 US오픈 등을 보러 해외여행을 다녀오기도 했다. 애석하게도 나는 그랜드슬램을 아직까지 직접 보지 못했다. 그 밖에도 테니스의 귀족적 이미지를 소비하는 럭셔리 패션 브랜드의 전략이나 라켓 스트링에 집착하는 동호인이라든지…. 이런 이야기도 언젠가 나보다 더 적합한 분들께서 흥미롭게 써주시면 좋겠다.

이제 아래 질문에 답을 내려야 할 때다.

"당신에게 기쁨이자 즐거움이 되는, 생각만 해도 좋은 한 가지는 무엇인가요?"

바로 대답하기 전에 테니스는 잊고, 내가 테니스를 칠 때 들려주고 싶은 이야기가 무엇이었는지 복기해보려고 한다.

우선 공을 라켓으로 치는 행위를 좋아한다. 공이 라켓의 스윗 스팟*에 닿은 후 반대편으로 튕겨 날아가는 순간, 손끝에 느껴지는 순수한 희열이 있다. 테니스공이 주는 손맛을 사랑한다.

그깟 공치기에 뭘 그리 의미를 부여하느냐고

---

*   sweet spot. 공이 라켓에 맞았을 때 가장 멀리 날아가는 부분.

물을 수 있겠다. 이건 의미보다는 아름다움의 영역이다. 바텐더가 송곳과 칼을 이용해 위스키용 얼음을 공 모양으로 깎는 것처럼, 완벽한 구체의 테니스공은 그 자체로 좋은 기분을 선사한다. 날아오는 공이 띠는 모양, 색깔을 유심히 보다가 그걸 얼마나 깔끔하게 쳐서 다시 회전시켜 보내는지에 따라 동호인 게임의 점수가 나뉜다. 프로 테니스에서는 이 과정을 예술로 끌어올리기도 한다.

그렇게 쳐낸 공을 받아주는 상대가 있다는 사실도 마음에 든다. 네트를 사이에 두고 공을 주고받는 동안 관계성이 생긴다. 그 관계는 친구와 함께하는 놀이가 되기도, 경쟁자와의 전투가 되기도 한다. 맨 벽에 공을 쳐보면 안다. 벽치기는 지루하고 기쁨을 주지 못한다.

코트라는 공간에서 느낄 수 있는 감상도 언급하고 싶다. 때론 코트에 들어설 때마다 일인칭 시점의 콘솔 게임을 하는 기분이 들 때가 있다. 사방으로 그려진 라인과 수직으로 서 있는 네트 구조물은 이곳이 실재하지만 온전히 게임을 위한 관념적 공간임을 알려준다.

감상자의 시선으로 봐도 테니스 코트에는 묘한 구석이 있다. 코트의 정식 규격이 담긴 도면을 보면 가로보다 세로 길이가 훨씬 길다. 가로 대 세로 비율은 복식 경기의 경우 1:2.16, 단식 경기는 1:2.88까지 올라간다. 코트를 옆으로 돌려 가로로 길게 놓아보자. 흔히 TV나 컴퓨터 모니터에서 와이드스크린이라 불리는 16:9(1.77:1) 규격보다도 훨씬 더 와이드하다. 굳이 비유하자면 테니스 코트는 넓은 지형을 웅장하게 담아내는 데 특화된 울트라 파나비전 70(2.76:1)에 가깝다.[*]

이 비율에 대한 감각은 시각적으로 왜곡되거나 압축된다. 실제로 코트에 서서 플레이하다 보면 그 정도로 멀리 느껴지지 않는다. 그 괴리감 때문에 공은 예상보다 빠르게 날아오는 것처럼 느껴진다. 프로 선수들이 경기하는 모습을 직접 보면 그 속도는 더 빠르다. 눈에 또렷하게 보이는 선으로 그어진, 꽤나 와이드한 코트 안에서 공이 바닥에 두 번 팅기기 전에 어떻게든 상대 코트로 넘겨야 하는 단순한 규칙은 게임을 더욱 재밌게 만든다.

공, 상대방, 코트는 나에게 분명한 기쁨이자 즐

---

[*] 이 규격으로 촬영된 영화 중에는 〈벤허〉(1959)가 가장 유명하다. 최근 사례로는 〈헤이트풀 8〉, 〈어벤져스: 인피니티 워〉, 〈어벤져스: 엔드게임〉 등이 있다.

거움의 대상이지만, 그만큼 가까이 다가가기 어려운 대상이기도 하다. 그 간극을 끊임없이 좁히는 여정을 한 문장으로 표현하면 결국 "저는 테니스를 좋아합니다"가 되지 않을까.

책의 목차를 한 차례 다듬을 때 이정규 대표에게 또 메일이 왔다. 그는 "그거 그렇게 재밌어요? 그거 그렇게 힘든데도 재밌어요?" 하는 물음에 대한 답이 글에 담기면 좋겠다고 했다. 이제 그 질문에 "물론이죠!"라고 답할 수 있다.

처음부터 재밌다고 말한다면 거짓말이다. 기쁨이자 즐거움이 되는 세계로 넘어가려면, 그전에 버거운 단계를 거쳐야 한다. 실력이 쉬이 늘지 않아 그만두고 싶고, 한계에 부딪힌 것 같아 또 그만두고 싶어진다. 만약 테니스를 배우면서 이런 느낌이 든다면 너무 걱정 마시길. 올바른 방향으로 가고 있다는 증거다. 그 단계를 넘어서면 어느 순간 공이 라켓에 착착 맞고 이게 손맛이라는 걸 느끼게 된다.

돌이켜보면 테니스는 친구를 사귀기 위해 시작한 스포츠였다. 데이비드 포스터 월리스는 테니스를 '강박적이고 우울한 사람을 끌어당기는 가장 고독한 경기'라고 표현했지만, 적어도 나는 코트에서 고독보다는 유대감을 더 깊이 느낀다.

"저도 테니스 시작했어요!"

가까운 지인 몇몇은 테니스를 배우기 시작했다. 주 2회씩 레슨을 받는 중인데 어느덧 포핸드에서 백핸드로 넘어갔고, 요즘은 스플릿 스텝 같은 풋워크를 배우고 있다고 한다. 그중 하나는 고작 두 달 정도를 배우고서 테니스가 쉽다고 으스대는 귀여운 모습을 보여 내 초심을 떠오르게 했다. 내 레슨 일지를 보면 '감을 잡(은 것 같)았다'고 호기롭게 적은 부분이 등장한다. 냉정히 말해 감을 아직도 못 잡았다는 걸 반증한다. 머지않아 이들과 코트에서 즐겁게 만날 수 있을 것이다.

프롤로그에서 이 책 『아무튼, 테니스』를 과거 열두 살의 소년에게 현재의 내가 쓰는 편지라고 썼다. 이 편지는 곧 다섯 살이 되는 딸에게도 유효하다. 아이가 태어나기 전, 아내가 내게 아들이나 딸 중 선호하는 성별이 있느냐고 물은 적이 있다. 그때 내 대답은 "뭐든 상관없어"였다. 중요한 건 성별이 아니었다. 이 아이가 스포츠를 즐기는 사람으로 자라날지가 궁금했다. 딸의 인생에서 스포츠 중 어느 하나가 평생의 친구로 곁에 있길 진심으로 바란다. 그게 테니스라면, 아이가 내 공을 받아준다면. 생각만 해도 미소가 지어진다.

나를 만든 세계, 내가 만든 세계
'아무튼'은 나에게 기쁨이자 즐거움이 되는,
생각만 해도 좋은 한 가지를 담은 에세이 시리즈입니다.
위고, **제철소**, **코난북스**, 세 출판사가 함께 펴냅니다.

아무튼, 테니스

1판 1쇄 발행 2025년 3월 28일

지은이 손현
펴낸이 이정규
펴낸곳 코난북스
출판등록 제2013-000275호
전화 070-7620-0369
팩스 0505-330-1020

conanpress@gmail.com
conanbooks.com
facebook.com/conanbooks

ISBN 979-11-88605-33-0 02810